Le Vieux

Du même auteur

Le Fils, Oh ! Éditions, 2011 ;
Prix Goncourt du premier roman
L'Étoile et la Vieille, Kero, 2013
Jules, etc., Kero, 2015

Michel Rostain

Le Vieux

CALMANN
LEVY

CALMANN LÉVY
ÉDITEUR DEPUIS 1836

Couverture
Maquette : Olo.éditions
Photographie : © Ruslan Lytvyn/Shutterstock

ISBN : 978-2-7021-6177-7

À Martine

Prologue

« Ma Reine, mon aimée,

« La première fois que nous nous sommes rencontrés, tu chantais la Reine de la Nuit dans *La Flûte enchantée* de Mozart. Ce jour-là, tu es devenue la reine de ma vie. Je ne te l'ai jamais dit aussi simplement, et je te demande vraiment pardon de m'être m'interdit de telles choses. Pas de "ma chérie", ni de "toujours", ni de "pour la vie", pas de serments éternels au clair de lune avec trémolos de violoncelle, même pas de "ma reine" sous prétexte de ne pas oublier que les royaumes sont mortels et les amours aussi ! C'était ma prétentieuse lucidité de jeune homme libertaire.

« Tu m'as supporté comme je suis, avec mes limites de mec sans mots doux, et, quatre décennies après notre rencontre, nous sommes toujours amoureux ! Que je t'en suis reconnaissant !

« Pourquoi est-ce que je me mets enfin aujourd'hui à t'appeler "ma reine" ? C'est que, dans les dernières pages de ce roman dont je te confie le manuscrit, le personnage principal craque et se met à faire des serments d'amour à sa compagne ! Alors, c'est comme s'il m'avait poussé à faire comme lui.

« Pour te dire la vérité, quand j'ai entrepris d'écrire ce livre, j'étais parti sur une tout autre piste. J'allais, croyais-je, écrire une fiction autour de *La Flûte enchantée* et te célébrer au passage grâce à cette œuvre de Mozart à laquelle je dois le bonheur de t'avoir connue. Mes premiers brouillons ont commencé comme prévu, avec les personnages de l'opéra et leurs interprètes. J'ai passé des mois heureux à écrire en leur compagnie tandis qu'ils répétaient dans le Grand Théâtre où j'avais situé l'action. Et puis les choses ont dérivé – les choses, c'est-à-dire ma plume. Quand Simon, l'assistant à la mise en scène, s'est suicidé, ça a tout changé. Se sont insidieusement infiltrés dans mon texte un retraité qui aborde tant bien que mal la grande vieillesse et une concierge de théâtre avec ses contes et ses superstitions. À la fin, même, est survenu le coronavirus ! Je n'avais réellement rien prévu de ces événements ni de ces personnages, ni surtout de leurs insistants rapports à la mort. Mon roman avait bifurqué, l'opéra de Mozart n'y figurait plus qu'en toile de fond et, moi qui croyais être parti pour une virée lyrique, je me retrouvais à dialoguer avec la fin de vie.

« Quand, dans les dernières pages du roman, mon vieux d'encre et de papier s'est mis à faire des serments d'amour éternel à sa Mireille, alors j'ai compris que moi aussi je devais le faire en vrai.

« Voilà, mon aimée, j'ose te demander si tu veux bien être encore ma reine pour les dix, pour les cent, pour les mille années que je voudrais vivre auprès de toi.

« Ce roman que je te confie à lire, c'est avant tout une déclaration d'amour. »

À la fin de cette lettre, son auteur a signé d'un cœur – un dessin maladroit comme d'habitude mais réellement éperdu. Et puis il a posé sa déclaration d'amour avec son manuscrit sur le coin du piano – leur quart-de-queue dans le salon joue depuis toujours entre eux le rôle de boîte aux lettres pour amoureux.

PREMIÈRE PARTIE

QUATRE BOMBES

1.

« Oh, putain, les bombes se rapprochent ! » dit Pierrot, le patron du bistro de la place des Halles, quand Micheline leur apprend que, hier soir, Rodolphe, son mari, est tombé par terre, *pan*, d'un coup, infarctus ! Silence soudain des cinq pas jeunes du tout – Giloup, Noël, Yves, Étienne et lui – qui étaient en train de regarder un match de foot sur Canal+. La mort, en général, c'est pour les autres. Mais une bombe qui tombe sur un pote, à deux pas de chez vous : merde, ça se rapproche vraiment !

Giloup a soixante-treize ans, Noël, soixante-quinze, Yves, soixante-dix, et lui, le vieux – celui qu'on appellera ici le vieux –, en a soixante-dix-huit. Il est le plus âgé de la bande. Il y a peu, la cadence, c'était de temps à autre une bombe autour d'eux. À présent, les attaques se multiplient et trois ou quatre amis disparaissent chaque année.

Quelques jours après la mort de Rodolphe, le vieux, vu sa petite notoriété, doit prononcer quelques mots lors des obsèques. Au moment de parler devant le cercueil, il se met à pleurer, voix qui chevrote et phrases qui ne vont pas jusqu'au bout. Il est pitoyable. Lors de l'enterrement de François, voici quelques mois, il s'était mis à taper du pied par terre tout en apostrophant le cercueil posé au centre du funérarium : « Merde, tu fais chier, François, tu es mort et je suis vieux... » Larmes plus impuissance. Avant – jadis ! avant la retraite ! avant que les bombardements ne se multiplient ! avant d'être vieux quoi ! –, il était fier de faire ses discours sans notes. Maintenant, il ne peut plus improviser, il doit rédiger à l'avance et, minable sensiblerie de vieillard débordé par ses émotions, il pleure tout en lisant.

Dans le cortège funèbre, il croise des têtes perdues de vue depuis des années. Il dit platement : « Ah ! que je suis heureux de te voir ! » Heureux n'est pas un mot bien choisi pour cet instant, à quelques pas du cadavre que les croque-morts véhiculent dans les allées du cimetière. En plus, il pleut et cet enterrement n'a vraiment rien d'heureux. Le vieux se reprend donc : « Pardon, heureux... Enfin, tu vois ce que je voulais dire... » Et il donne un coup de coude au pote retrouvé, merde, même si c'est pour un enterrement, on est contents de se retrouver, n'est-ce pas ?

Après les discours, après le cortège, après la fleur qu'on a jetée dans le trou et les dernières pelletées de terre, après les embrassades, tout le monde se réunit autour d'un pot. « À mon enterrement, je veux qu'on rie, je veux qu'on danse ! » chantait Jacques Brel dans la jeunesse du vieux. Alors il rit et il danse, ça vient sans difficulté. Le vieux fait un slow avec une ex qu'il est tout ému de revoir après tant de temps. Surprise aussi du désir qui lui tombe encore dessus. Il se risque même à danser un rock mais, là, il doit s'interrompre – l'arthrose, le cœur, le vertige.

Au retour de l'enterrement, le vieux sait un peu plus qu'il est vieux.

2.

Trois semaines à peine après la mort de Rodolphe tombe une nouvelle bombe, sur un cousin de Mireille. Ni elle ni lui ne sont à proprement parler très affectés par ce décès – ils n'étaient guère proches de ce parent, mais tout de même, deux enterrements dans le même mois…

Le vieux fait la connaissance du jeune Simon à cette occasion.

« Le sujet, c'est la mort ! »

Ce sont les premiers mots du jeune homme. Silhouette noire aux écouteurs blancs vissés dans les oreilles, Simon est adossé au tronc d'un énorme chêne. Le vieux doit l'interroger à plusieurs reprises pour en savoir plus ; au troisième essai, Simon lui lâche seulement, peu avenant :

— Le sujet, c'est la mort !

Étrange premier contact : ni le vieux ni Simon ne se connaissent, il n'y a pas forcément beaucoup d'atomes crochus entre eux, mais il s'agit déjà de la mort.

Simon met enfin son podcast en pause, ôte l'écouteur de son oreille droite et explique au vieux :

— Je suis en train de suivre une émission sur la mort volontaire.

Normalement, la mort, ça calme et, après pareille info, n'importe quel importun devrait s'éloigner. Simon va donc pour reprendre son écoute solitaire, mais le vieux se cramponne et demande à Simon de bien vouloir mettre le haut-parleur de son smartphone afin qu'il puisse entendre lui aussi.

— La mort volontaire, ça m'intéresse.

Il ajoute :

— À mon âge, peut-être que je devrais adhérer à l'Association pour le droit de mourir dans la dignité.

Le jeune homme :

— Vous y pensez déjà ?

— Soixante-dix-huit ans passés : j'ai l'âge ! Côté santé, ça va encore à peu près. En revanche, côté tintin, c'est fini, j'ai passé les soixante-dix-sept ans.

Simon apprécie que le vieux fasse un peu d'humour – même s'il est nul – et l'invite à s'asseoir à ses côtés. Ils écoutent ensemble la fin de l'interview du Dr Senet.

Ainsi le vieux fait-il la connaissance du jeune Simon avec, pour toile de fond, un enterrement et les mots de cette émission sur la fin de vie – mort volontaire, choix ultime, euthanasie, suicide assisté.

Simon et le vieux sont tombés l'un sur l'autre alors qu'ils voulaient fuir toute compagnie. Simon cherchait un bosquet où s'isoler – il ne s'était rendu à cette cérémonie qu'à cause du grand-père, la seule personne à laquelle il ait tenu dans sa famille. De son côté, le vieux tentait pareillement de fuir les mondanités familiales – il n'avait fait le déplacement en Bretagne que pour ne fâcher personne. Ils détestent tous les deux les simagrées du jour – discours emphatiques, larmes obligatoires, bises non moins obligatoires, photos de groupe, selfies, diaporama sonorisé sur le défunt, buffet interminable, etc. – et cette aversion commune les réunit par hasard sur ce banc à l'abri d'un chêne centenaire, loin du rassemblement qui bat son plein là-bas devant la maison.

Le vieux n'a pas entendu le début de l'émission qu'écoutait le jeune homme. Il lui demande :

— C'était bien avant ?

Simon se retourne et rit, un grand éclat de rire. Aucune moquerie dedans, aucun reproche, juste un étonnement devant la naïveté de pareille question :

— Parce que tu t'imagines, toi, que le suicide, ça pourrait être bien ?

Simon ne connaît pas le vieux, il a bien cinquante ans de moins que lui, mais il le tutoie d'emblée. Dans le même élan sans gêne, il sort de la poche intérieure de sa veste une petite flasque en aluminium brossé recouverte de cuir noir, du genre de celles que portaient sur eux les alcooliques distingués au début du XXe siècle, en dévisse le bouchon métallique et la tend au vieux.

— Tu veux de mon tequila ?

« Mon tequila », au masculin ? Simon devance la question du vieux :

— Au Mexique, on dit « *el tequila* ».

Tequila déjà, ce n'est pas banal comme alcool, mais en plus, au masculin et à la place du shit à la mode aujourd'hui ! Ce jeune homme aime se distinguer !

Comme le vieux décline – à son âge, on ne fume plus et on ne boit plus guère –, le jeune fait un geste pour trinquer quand même, murmure « et hop ! » en levant le coude et rebouche sa flasque après une grande gorgée d'alcool. C'est, explique-t-il, à cause du Consul et du roman de Malcom Lowry qu'il trimballe toujours sa flasque d'agave distillé. Là, dit-il, il a appris à boire, « pour creuser sa douleur, car la douleur, ça s'approfondit ! ». Le volume qui dépasse de sa poche est en lambeaux tant Simon a lu et relu *Au-dessous du volcan*.

Il est étrange, ce jeune homme, avec ses manières d'alcoolique précoce et ses lectures sombres.

Une heure plus tard, au moment où le vieux s'esquive, il croise à nouveau Simon. Le jeune homme est assis devant le portail de la maison familiale, plongé dans son livre fétiche. Le vieux le salue. Simon fait pareil, sauf qu'à l'instant où le vieux s'éloigne, Simon le rattrape et lui demande :

— Quand tu en sauras plus sur le droit à mourir volontairement, tu me raconteras ?

Le vieux est surpris. Il avait cru comprendre que Simon s'intéressait au suicide pour des raisons philosophiques – stoïcisme, attitude morale, etc. Le suicide assisté, n'est-ce pas, ce n'est pas un souci pour les jeunes !

— Pourquoi tu me demandes ça ?

— Parce que…

Comme Simon ne finit pas sa phrase, le vieux pense alors à l'insuffisance respiratoire dont vient de mourir le grand-père. C'est sûr, une sédation palliative profonde et accélérée au lieu d'une noyade interminable au fond de ses poumons épuisés, ça aurait été moins pénible.

Le vieux hésite, puis il fait un pas de côté.

— Tu sais, je ne suis pas pressé de mourir !

Les vieux se racontent aussi ces choses.

3.

Quelques mois plus tard, le vieux aperçoit la silhouette noire et tranchante de Simon derrière un monument funéraire. Comme par hasard, c'est encore à l'occasion d'un troisième enterrement, celui de la mère de Camille maintenant. Mais comme au moment des condoléances Simon s'est éclipsé, le vieux oublie d'interroger Camille sur cette présence inattendue.

Qui est Camille ? Une proche, une vraiment proche du vieux – on ne saurait dire autrement. Il ne la voit pas souvent, mais, chaque fois qu'il la retrouve, un étonnant mélange de vivacité et de connivence l'envahit. Assurément sont restées toujours aussi fortes entre eux deux la tendresse et la confiance qui les unissaient voici quelque quarante ans, à l'époque où le vieux vivait avec Catherine, la maman de Camille. Pendant trois ans, il avait accompagné tous les matins à la crèche puis à l'école maternelle la petite fille qu'elle était alors. Il avait dessiné avec elle. Il avait joué avec elle dans le square d'en bas. Il l'avait consolée quand elle se faisait mal. Il lui avait appris à tenir en équilibre sur un vélo sans pédales – aujourd'hui, on vend les draisiennes par milliers, à l'époque, c'était plus rare et il avait été fier de trouver cet engin au fond d'un grenier pour en faire cadeau à l'enfant.

Après que la maman de Camille et lui se furent séparés, ils avaient quand même gardé contact et il avait pu voir Camille grandir. Lorsqu'elle avait entrepris des études théâtrales, le metteur en scène qu'il était alors avait été heureux de l'aider. Quand le vieux avait pris sa retraite, trente ans plus tard, la carrière de la jeune femme flamboyait déjà et maintenant elle court les théâtres en France comme à l'étranger, pendant que lui se replie sur son âge. La ligne est restée ouverte entre eux deux. Au nouvel an et pour les anniversaires, ils se passent un coup de fil. Quand s'annonce sur Facebook la tournée d'un spectacle de Camille, le vieux like abondamment et partage le post avec ses amis du réseau. Soutien inconditionnel pour sa quasi-fille à la conquête du monde tandis que lui, il en part.

Le soir même de l'enterrement de Catherine, le vieux retrouve donc Camille dans le Théâtre où se joue *La Tempête* qu'elle vient de mettre en scène. « *The show must go on*, dit-on dans notre métier, c'est la règle, même après un enterrement ! » lui a-t-elle dit en l'invitant à venir à la représentation. Quand tombe le rideau final, il est le premier spectateur debout à crier bravo – peu lui importe d'être objectif, maintenant l'amour lui semble définitivement préférable au sens critique.

À la sortie de la salle, les amis se pressent dans le foyer du théâtre. Les yeux pétillent, les verres trinquent – les bulles de champagne, ça aide les artistes après l'ivresse de la scène. Quand Camille et le vieux parviennent à s'isoler à l'écart de l'agitation de la fête, leur conversation reprend exactement comme si elle ne s'était jamais interrompue entre eux, alors qu'ils ne se sont pas vus depuis plusieurs années. Pas d'embarras, pas de timidité. À chaque détour de phrase, pour un mot, pour un souvenir, ils se retrouvent en phase, heureux de se comprendre si bien.

Forcément, le deuil de Camille ouvre la discussion. Catherine, sa maman, était très malade depuis longtemps. L'annonce de son décès n'a pas angoissé le vieux : les douleurs de la vieillesse le tracassent bien plus que la mort elle-même. Lorsque, la semaine dernière, il apprit sa mort, ce fut comme si une bombe attendue depuis des mois venait enfin de tomber. « Presque un soulagement ! » ose-t-il avouer à Camille. Comme elle ne se cabre pas, il poursuit : l'an dernier, il était enfin allé rendre visite à Catherine dans l'Ehpad où elle finissait sa vie malgré sa peur de se rendre là.

— Pourquoi ?

En règle générale, après les enterrements, on parle de ce qu'on a aimé chez le défunt et on ne s'attarde que sur les détails positifs. Lui, il a gardé un souvenir tellement affreux de cette visite qu'il hésite à en parler. Mais Camille insiste, alors il se moque de lui-même :

— Ce n'est pas l'état de Catherine qui m'angoissait, c'est l'Ehpad : y aller me terrorisait comme s'il s'agissait de mon prochain domicile !

« Lorsque j'ai enfin surmonté ma trouille, je suis arrivé là-bas un jour de chorale. Dans le grand salon de l'Ehpad, une chef d'orchestre tirait de toutes ses forces les voix épuisées d'un demi-cercle de vieillards – vingt voix éraillées égrenaient comme elles pouvaient les sous-titres de la chanson de Dalida qu'on leur projetait en mode karaoké :

Je sais bien que tu l'adores, Bambino, Bambino
Et qu'elle a de jolis yeux, Bambino, Bambino...
Mais tu es trop jeune encore, Bambino, Bambino,
Pour jouer les amoureux.

« Cette chanson qui claudiquait, lento, mollo, pas sano du tout, c'était à pleurer. Catherine était là, hagarde au milieu de cette assemblée de fauteuils roulants, et alors je me suis vu, je t'assure... vu à côté d'elle, en survêt lamentable, édenté et gâteux. La vraie bombe, c'est celle-là, celle qui ne me tuera pas et me maintiendra en vie mais en ruine !

« Coup de massue supplémentaire, un des choristes a fait rouler son fauteuil jusqu'à moi pour demander : "C'est vous le nouveau ?" Et j'ai soudain réalisé, pourquoi pas moi, en effet ? après tout j'ai l'âge réglementaire pour déposer un dossier d'admission dans un Ehpad (Catherine et moi, on est nés la même année !). J'étais épouvanté : "Moi ?..." Je n'ai plus eu qu'une idée en tête, me barrer. J'ai foncé jusqu'à Catherine, je lui ai tendu la boîte de chocolats que j'avais apportée. Elle ne m'a évidemment pas reconnu, alors j'ai posé la boîte sur ses genoux et je me suis enfui sans un regard pour personne, pas même pour le type en fauteuil roulant. Pas brillant du tout, pardonne-moi pour Catherine. J'étais secoué, tu peux me croire !

Le vieux chantonne : « Mais tu es trop jeune encore, Bambino, Bambino… »

Camille sourit. Lui, pas.

Quand il interroge ensuite la jeune femme sur les circonstances du décès de Catherine, Camille dit que sa mère a dû faire un infarctus pendant la nuit. Au petit matin, une infirmière l'a retrouvée morte. « C'est ce qui pouvait lui arriver de mieux », commentent-ils tous les deux. Le vieux entretient pour lui-même un espoir de ce genre, une mort subite – « de grâce, sans Alzheimer ni quoi que ce soit d'autre avant », marmonne-t-il une fois de plus à l'intention des dieux, non qu'il croie en eux, mais il ne sait à qui parler quand il pense à sa propre fin.

Le vieux raconte à la jeune femme l'amour qu'il avait pour Catherine – le fait qu'il l'ait quittée après quatre années de vie commune n'ôte rien aux grands moments d'amour qu'il avait vécus auprès d'elle. Il avoue aussi à Camille des choses qu'il ne lui avait jamais dites, de ces choses qu'un adulte ne peut dire qu'à un autre adulte – la beauté de la mère de Camille, l'incroyable liberté de pensée et de parole qui étaient la sienne, les horizons qu'elle lui a fait découvrir.

— Elle était lumineuse…

Le vieux hésite puis il ajoute :

— Ses seins aussi étaient lumineux…

Il est ridicule de s'aventurer jusque-là, sur le terrain du corps, mais Camille ne semble pas lui en vouloir – les jours d'enterrement on peut dire plein de choses, même des naïvetés.

Après la mère, le vieux s'enhardit et se permet de passer à l'émotion qu'il a de retrouver la fille. Il évoque les bonheurs de leur vie commune à l'époque. Il dit à Camille la douceur qu'il avait découverte en s'occupant d'elle enfant. Elle lui montre alors sur son portable des photos qu'elle a gardées d'eux trois en vacances à la neige il y a des décennies – Catherine et lui à skis, elle sur sa luge, elle encore le soir de son anniversaire. Le vieux n'avait jamais vu ces photos. Deux pressions sur l'écran et Camille les lui transfère.

Ça circule, ça vibre entre eux.

De temps en temps surgissent des points de suspension dans leur conversation et leurs yeux se perdent dans un souvenir. Puis une image le chasse et les mots repartent, gais, tendres, bons à donner comme à prendre. L'intimité ne passe pas obligatoirement par la famille, mais d'avoir vécu tout proches l'un de l'autre pendant ces trois ans, ça aide. Le vieux le fait remarquer à Camille. Elle se moque alors de lui – la maline le connaît assez pour pouvoir le faire et le séduire quand même. À un moment, quand, dans l'élan des évocations, il se laisse aller à chanter son émerveillement devant le bébé qu'elle était au début, Camille l'interrompt – halte, ne pas en rajouter :

— Arrête ! On va se retrouver avec des images de moi les pattes en l'air quand tu changeais mes couches !

Le vieux est en adoration devant Camille, surtout quand elle rit. Quelle grâce ! Il y a quatre décennies – déjà quarante ans ! –, quand il entendait la voix de la petite fille s'envoler ainsi cristalline, toutes sortes de portes s'ouvraient dans sa tête de mec, un éblouissement – ce serait ça le bonheur, une cascade de rires et d'enfance ? Aujourd'hui, ça continue, Camille adulte a gardé son rire et ce soir, dans le foyer de ce Théâtre, c'est merveilleux de l'entendre.

Quand Camille l'interroge à son tour sur la vie qu'il mène maintenant, le vieux lui dit la joie qu'il éprouve à vivre en couple avec Mireille. Camille lui demande si le mariage et l'habitude ne tuent pas l'amour – à son âge, elle a quarante-sept ans, on redoute souvent ça. Non, dit-il, leur vie amoureuse a été formidable et il n'y a que du bonheur à être vieux ensemble. « Notre vie d'aujourd'hui, c'est du presque rien en apparence, de minuscules événements, de tout petits gestes, mais en fait ce sont des merveilles chaque fois ! »

Quand Camille l'interroge sur les maux qu'on prête à la vieillesse, il en chanterait presque, lui, la découverte – même les cheveux qui tombent, même les dents, même les douleurs chroniques, même les os, même les muscles qui fondent… Un nouveau physique, une nouvelle vision du monde, un nouveau rythme quotidien qui s'imposent à vous, il vaut mieux trouver ça intéressant, n'est-ce pas ? Quand Camille lui demande si la mise en scène ne lui manque pas, il élude le sujet. Comme à la longue, il a tout de même bien trop positivé, il fait un tête-à-queue et se moque des vieux qui déclinent et ne le reconnaissent pas. Camille rit à son tour et pose une main complice sur la sienne.

Ils en viennent à parler théâtre puisque Camille et lui ont aussi ça en commun. Camille confie au vieux que, petite fille, elle se racontait qu'il était connu du monde entier et que sa gloire était immense – une star aux cheveux longs, jamais à la maison, toujours à courir les Théâtres, les avions et les plateaux de télé.

Le vieux avoue alors ses médiocrités :

— En fait, je somatisais à tour de bras – entorses, lumbagos, cruralgies, tendinites, sciatiques… À chaque répétition d'un nouveau spectacle, je me retrouvais avec une canne ! « Les genoux sont les poubelles de nos âmes », m'a dit un kiné tendance psy – si c'est le cas, mon vide-ordures était plein et ça devait cocotter, là-dedans. Tu parles d'une vedette !

Camille avoue à son tour qu'elle panique encore avant chaque répétition. Ni honte ni fierté chez l'un ou l'autre, aucune obligation de transparence, c'est comme une liberté entre eux, ils parlent de leurs fiascos comme de leurs succès, sans baratin.

Souvenirs, confidences, douceur, tendresse, yeux qui brillent. Proximité. Leurs mains s'effleurent à nouveau, les mains, rien que les mains – sauf qu'avec les mecs on ne sait jamais, ils sont si prompts, même vieux, à se faire des films.

4.

Le son d'un piano venu de l'autre bout du foyer les interrompt. Là-bas, au demi-étage supérieur, un jeune homme, bonnet noir sur la tête, joue le *Premier impromptu* de Schubert – le vieux connaît bien cette pièce, il l'a lui-même travaillée voici des décennies. Tout le monde se tait, les spectateurs encore présents, les artistes, toujours prêts à faire la fête jusqu'au bout de la nuit, et les techniciens qui sont enfin débarrassés du démontage des décors. Tous suspendent les toasts et autres congratulations d'après spectacle car rien ne peut résister à la force subtile du Schubert qu'ils entendent – de la douleur qui n'en rajoute pas, plus de la lumière. Le moment est fort et tant pis si l'instrument sonne médiocrement, on n'est pas au concert.

Après le dernier accord, Camille souffle au vieux :

— C'est Simon qui jouait.

Même de loin, même en ne le voyant que de dos avec son bonnet sur la tête, le vieux aurait dû reconnaître

Simon en ce jeune homme habillé de noir de la tête aux pieds. Camille :

— Simon sera mon assistant dans mon prochain spectacle.

Le vieux raconte alors à Camille dans quelles circonstances, voici quelques mois, il a fait connaissance avec le jeune homme. Elle se moque de la coïncidence :

— Vous vous retrouvez pour les enterrements ?

Bizarres concordances, en effet.

Camille demande au vieux ce qu'il pense de Simon. À vrai dire, répond-il, il ne le connaît pas vraiment. Juste dit-il que ce jeune homme joue très bien du piano et qu'il n'a pas l'air idiot du tout. Sans le savoir, il conforte Camille dans sa décision de travailler avec lui.

Camille raconte qu'au cours d'une académie d'été – « celle-là même que tu m'avais recommandée l'an dernier ! » – elle avait été épatée par le talent de ce jeune comédien. Elle ne cache pas qu'en plus, elle le trouve beau – cet aveu la fait pouffer comme une ado auprès d'une copine de lycée. Quand Simon arrive à leur table, le vieux lâche la main de Camille sur laquelle s'était posée la sienne pendant l'*Impromptu* de Schubert.

5.

Le vieux, Camille et Simon se félicitent de ce hasard qui les réunit. Que pourraient-ils faire d'autre – même si le vieux regrette cette irruption qui a rompu le charme du moment passé en tête-à-tête avec Camille, c'est si rare à son âge de rester un long moment en tête-à-tête avec une femme encore jeune ! La conversation roule d'abord sur le stage où Camille et Simon ont fait connaissance. Puis sur le parcours artistique de Simon, sur la pièce de Shakespeare qu'on vient de jouer, etc. Bref, sur des questions de jeunes. Mais pendant qu'on parle ainsi de tout et de rien, un petit vélo jaloux se met à pédaler dans la tête du vieux. Il hausse les épaules – c'est tellement ridicule ! – et il tente de passer à autre chose quand Camille se tourne vers lui.

— Mais au fait, toi, tu continues à jouer du piano ?

Cruelle !

Non, il ne joue plus – depuis qu'il a cessé de faire des mises en scène d'opéra, il n'a plus touché à l'instrument. Il a honte de l'avouer ici tant il lui est difficile de déballer ses impuissances devant ce Simon à l'allure incandescente.

La survenue du jeune et beau comédien au beau milieu de ses retrouvailles avec Camille ne sera pas la seule surprise désagréable de ce soir pour le vieux, une autre l'attend : Camille lui apprend qu'un directeur d'opéra lui a demandé de mettre en scène *La Flûte enchantée*. Le vieux applaudit, mais en réalité il est faux cul, la nouvelle l'accable, voilà que son opéra préféré lui tombe dessus maintenant comme un mauvais rappel de ses échecs. Tout au long de sa carrière, il avait rêvé de mettre en scène cette *Flûte*, mais aucun directeur d'opéra ne la lui avait proposée – soit que sa renommée n'ait pas été à la hauteur, soit que lesdits directeurs d'opéra aient été pusillanimes (le narcissisme du vieux préfère évidemment la seconde hypothèse). Et voilà que cette chance arrive à Camille flanquée en plus de ce Simon ! Les coïncidences sont agaçantes aujourd'hui.

Sans rien deviner des commentaires intérieurs qui secouent le vieux, Camille ajoute :

— Simon et moi, nous commençons à travailler à la dramaturgie de ce spectacle.

Le vieux n'arrive à répondre qu'en jouant l'expérimenté. Il prévient Camille et Simon : dans une maison d'opéra, toutes sortes de galères vous guettent, depuis les plannings toujours plus étriqués qu'on croit jusqu'aux soucis d'amour-propre des chanteurs, sans oublier les mille imprévus qui peuvent tomber sur une production lyrique – de la grippe à la grève. Mais non, Camille ne s'inquiète de rien : c'est comme si on venait de lui confier les clefs d'une Rolls-Royce, l'idée de conduire pareil engin de luxe l'enchante et ce n'est pas l'heure de la bassiner avec le code de la route, l'écologie ou le prix du carburant ! Elle ne devine pas l'amertume du vieux schnock qui, lui, ne réalisera jamais la *Flûte*.

Elle lance :

— Si tu as des idées pour la mise en scène, je suis preneuse !

— Tiens, en voilà tout de suite deux ! Primo, la Reine de la Nuit : il faut en faire un personnage positif ! Je l'aime, je l'aimerai toujours...

— Oh, pardon, j'oubliais, tu as connu Rossignol au moment où elle chantait la Reine de la Nuit dans la *Flûte* !

Rossignol, c'est Mireille, la compagne du vieux depuis quatre décennies. Camille avait cinq ans quand il était tombé amoureux de Mireille, ébloui par la cantatrice et bouleversé par la femme. Coup de foudre. Pour vivre avec elle, le vieux avait précisément quitté Catherine, la mère de Camille. Il y avait eu du tirage au début mais, les années passant, on s'était revus et les rapports avaient fini par se détendre. Le vieux avait même pu conduire Camille à un concert où Mireille chantait. L'enfant avait été émerveillée par cette voix et l'avait surnommée « Rossignol ». Un joli sobriquet.

Le vieux :

— Quand j'ai rencontré Mireille, je me suis mis à voir différemment le rôle qu'elle interprétait : la Reine de la Nuit n'était peut-être pas une hystérique. Le monde de la nuit dans *La Flûte enchantée* était peut-être fécond – bien plus que ce qu'on en dit d'habitude. Donc, première piste de travail que je vous propose : « Vive la Reine ! » Le monde de la Nuit est bien plus fécond qu'on le croit. Et, deuxième piste : « À bas Sarastro ! » Je crois vraiment que ce personnage n'est pas le sage tolérant que la tradition lyrique veut voir en lui, mais plutôt un tyran doctrinaire et misogyne.

Simon, qui n'a pas dit grand-chose jusque-là, se tourne vers Camille.

— Tu vois, il n'y a pas que moi qui dis que Sarastro est un sale bonhomme…

Mais Camille ne tient curieusement pas à épiloguer sur ce sujet, elle interrompt Simon et redirige la discussion vers les enregistrements à écouter, les mises en scène à regarder sur YouTube, les DVD, les sites internet, etc. Du coup, Simon laisse tomber et s'éloigne d'eux pour rejoindre un autre groupe d'amis.

La conversation de Camille et du vieux tente de reprendre comme avant l'irruption de Simon, mais, maintenant, tout sentiment d'intimité s'est perdu. Le vieux en vient rapidement à prétexter un mal de crâne pour s'excuser et partir. Avant de quitter les lieux, il lance tout de même à la jeune femme :

— Tiens-moi au courant pour ta *Flûte* !

À la sortie du Théâtre, il croise de nouveau Simon. Impossible d'éviter cette grande silhouette noire, une flasque de tequila à la main.

Simon arrête le vieux.

— Au fait, je voulais savoir, tu as adhéré à l'ADMD ?

— À quoi ?

Le vieux a la tête ailleurs.

— As-tu adhéré à l'Association pour le droit à mourir dans la dignité dont tu m'avais parlé la dernière fois ?

Le vieux bougonne :

— Pas encore.

Il n'a envie de parler de rien avec ce jeune Simon, et surtout pas de sa mort.

6.

Moins d'un an plus tard, la nouvelle bombe à péter, c'est Simon lui-même – il s'est suicidé dans la nuit de vendredi à samedi. Mardi, au lieu de répéter *La Flûte enchantée* comme prévu, les chanteurs vont se retrouver pour un deuil.

Arrivée la première dans la salle de répétition du Grand Théâtre, Camille éteint les néons de service – ils sont trop cruels et moches. À la console, elle règle elle-même l'intensité des projecteurs pour parvenir à une ambiance feutrée, entre lumière de spectacle et pénombre de veillée funèbre. Ensuite, elle monte sur la scène et s'assoit par terre, en tailleur, dans l'attente des chanteurs. Elle ne sait pas comment elle va leur parler du drame. Quand les artistes arrivent par petits groupes, elle est incapable du moindre geste d'accueil. Pas un mouvement, pas un regard, pas un mot, son silence est saisissant. Les chanteurs s'installent donc à côté d'elle, par terre eux aussi, sans oser lui poser de questions. Quand tous les artistes sont arrivés, leur rassemblement est devenu un cercle.

Accompagné par Danièle, la gardienne du Théâtre, qui est allée le chercher à la gare, le vieux arrive en dernier. Il ne connaît personne dans cette équipe sauf Camille – c'est elle qui lui a demandé de venir. Le vieux s'assoit discrètement sur une chaise tout au fond de la salle.

Camille n'a rien préparé, elle en était incapable. Les larmes aux yeux, elle psalmodie une sorte de poème :

— Pas de pathos, pas de regret, pas de désespoir, mourir, c'est un objectif, ce n'est pas une conséquence, pas de rage, pas de souffrance…

Ces mots sont incompréhensibles pour tout le monde, et à vrai dire pour Camille elle-même – elle ne sait pas pourquoi elle commence par là. Le vieux est ému – la voix de Camille l'a toujours remué. L'essentiel dans sa vie, ce sont peut-être les ondes – sons, lumières, énergies, rayonnements, oscillations, vibrations. Le rire de Camille enfant l'émerveillait déjà. Aujourd'hui, son chant le prend à la gorge. Ce vieux qui ratiocine trop a aussi les sens à fleur de peau.

Camille interrompt sa cantilène, rouvre les yeux et regarde le groupe de chanteurs autour d'elle et c'est comme si elle ne l'avait encore jamais vu. En un sens, c'est vrai : l'irruption brutale de la mort dans un groupe bouleverse jusqu'à ses contours physiques.

Quand elle aperçoit Danièle et le vieux assis là-bas sur leurs chaises au fond de la salle de répétition, elle leur fait signe de venir eux aussi prendre place dans le cercle des artistes. Danièle se lève mais elle n'obtempère pas et s'adosse debout à la porte. Lui, il se sent obligé de rejoindre la scène. Toutes les têtes se tournent alors dans sa direction tandis qu'il avance et il a beau avoir passé sa vie entière dans des Théâtres, monter à présent sur ce plateau puis s'asseoir au milieu de ces jeunes artistes le rend pataud. Bouffées de sensations anciennes – « des émotions d'il y a cent ans », dit-il en essayant de traiter ses souvenirs comme des vieilleries périmées. Il retrouve ses timidités de l'époque où il faisait du théâtre scolaire – ce vieux blanchi sous le harnais des spectacles est, à l'instant, embarrassé comme un débutant. Il se raccroche alors à ce qui lui reste de réflexes professionnels : évaluer la taille du plateau – dix mètres sur huit environ –, compter le nombre de projecteurs accrochés au gril – trois rangées de bons vieux plans-convexes –, vérifier la lumière d'ambiance – pénombre avec filtres chauds et console réglée à trente-cinq. Le métier, c'est du solide – en tout cas, ça lui permet d'avancer jusqu'au cercle. Mais des pensées parasites viennent ensuite déstabiliser l'idiot qu'il est quand il se demande si Camille a déjà annoncé sa venue aux chanteurs – comme si son minuscule nom dans l'histoire lyrique pouvait éveiller des réminiscences chez ces artistes qui ont pour la plupart cinquante ans de moins que lui. Une autre dinguerie s'affole ensuite dans sa tête quand il réalise que sa trajectoire vers la scène l'a conduit pile entre deux belles jeunes femmes. « Stop le vieux ! » hurle une voix en lui. Mais non, c'est trop tard, il ne peut pas bifurquer au dernier moment et il rougit de se sentir à la fois vieillard libidineux et timide puceau. Surgit enfin un autre problème : il ne sait plus s'asseoir par terre. L'âge ! Il va être ridicule, sa carcasse rouillée va montrer combien il est devenu pitoyable. Un miracle nommé Danièle fonce heureusement vers lui à cet instant, deux coussins à la main. Danièle, la concierge venue le chercher à la gare, a anticipé ses limites et l'aide discrètement à s'asseoir – elle-même boite légèrement, les handicapés et les vieux, même combat, ce doit être cela !

7.

Les regards de tous se tournent à nouveau vers Camille. On croit qu'elle va reprendre son poème là où elle s'était interrompue, elle hésite en effet, mais non, finalement elle n'enchaîne pas. Elle hausse même les épaules et balaie l'espace devant elle d'un petit geste, comme si elle chassait une mauvaise pensée. Elle murmure, mais tout le monde peut l'entendre :

— Tout ça, c'est des conneries !

Tout ça quoi ? Le vieux ne connaît rien à l'histoire de ce groupe ni au drame qui lui a fait prendre le train ce matin en urgence.

Au lieu de parler, Camille esquisse un mouvement – pas sûr du tout qu'elle sache vraiment ce qu'elle entreprend. Son front s'incline, elle ferme les yeux, sa bouche s'ouvre et puis non, elle se tait et sa main droite se dirige vers la femme à la robe verte qui se trouve à sa gauche. Le geste de Camille semble encore ne pas être sûr de sa raison d'être. Mais de l'énergie l'envahit, les doigts se tendent, ils vibrent maintenant et l'étonnant, le magique, se produit alors : la femme en vert répond à Camille, elle avance en retour sa main vers celle que lui tend la metteuse en scène et elle donne un sens à ce geste qui était venu à elle sans même la certitude d'être un appel. Les deux mains se frôlent, leurs paumes se trouvent, les doigts s'appuient les uns sur les autres et enfin il y a unisson, peau à peau, caresse immobile, danse sur place.

Le vieux est fasciné par l'évidence de ce contact. Il ne comprend rien, mais il est pris. Il retrouve ces impros vertigineuses qu'il avait lui-même connues sur scène, des jeux qui commencent avant même qu'on ait pris le temps d'en définir collectivement les règles et qui prennent parfois le chemin d'émotions inouïes. Il éprouve du bonheur à ressentir de nouveau cette atmosphère – « du bonheur », l'expression peut sembler incongrue pour ce jour de deuil et pourtant il s'agit de cela devant cet instant suspendu entre les deux femmes.

Une nouvelle impulsion survient entre elles et appelle une suite. La femme à la robe verte se tourne vers l'homme à sa gauche, un Noir aux baskets rouges, comme pour s'assurer qu'il va entrer dans le jeu, et tandis que sa propre main gauche quitte Camille, son regard, son buste et sa main droite s'adressent à lui. Et alors, sans hésiter, l'homme entre à son tour dans le mouvement. Sa main gauche vient rencontrer les doigts de la femme en vert. Il prend ce qui lui arrive puisqu'on le lui donne, et il le transmet à son tour à la bonne bouille baraquée qui est assise à côté de lui. À gauche, à droite, à gauche, à gauche : une forme, un tempo, une respiration partagée naissent en silence et tous les artistes du cercle jouent le jeu, ceux qui y croient comme ceux qui n'y croient pas – il doit bien y en avoir parmi eux qui doutent devant de telles absurdités, forcément il y en a, mais il ne leur vient même pas à l'idée de rompre le charme. Ni consigne ni message, des yeux appellent, des bustes s'inclinent, des mains se joignent, des émotions se frôlent : ne serait-ce pas cela, l'âme collective ?

Quand vient le tour de sa voisine de droite de se pencher vers le vieux, un commentaire parasite bourdonne dans la tête de l'indécrottable mec qu'il reste : « Oh, qu'elle est jolie, celle-là ! » Encore ses restes d'ado idiot – comme si c'était le moment de rêver et de prendre le regard lumineux de la jeune femme pour un message perso ! Heureusement, l'élan du groupe est le plus fort et la main gauche du vieux se désolidarise des bêtises de sa tête pour rejoindre la main qui l'appelle. Il se laisse traverser par le signe et le transmet à sa voisine de gauche pour qu'à son tour…

Le signe : au fait, quel signe ?

Il y a dans ce cercle vingt-deux artistes – dix-neuf chanteurs plus la metteuse en scène plus la pianiste plus lui, l'ancien – vingt-deux artistes qui font circuler ce geste dénué de sens et qu'ils traitent pourtant comme s'il était sacré. Des croyants bienveillants diraient qu'il s'agit d'un groupe en fusion. Et tant pis si les sceptiques ne verraient là que confiture communautaire où l'on se monte le bourrichon.

À la décharge de tout le monde, quand l'un de vos compagnons de travail se suicide, ça bouscule. Et quand le mode de suicide choisi est à ce point violent – vingt mètres dans le vide pour s'écraser devant la porte du Grand Théâtre –, un déluge de doutes vous assaille : « Mais moi, est-ce que j'y suis pour quelque chose ? » « Comment peut-on avoir le courage de se balancer ainsi ? » Plein de questions comme ça. On frémit au film fou des deux ou trois interminables secondes qu'a duré la chute de Simon. Un doute invraisemblable vous traverse la tête : « Je ferais comment, moi, si je voulais en finir ? Le gaz, la corde, la défenestration ? » Vertiges. Chacun tente de conjurer le trouble comme il peut, toucher du bois, se signer, retrouver des copains. C'est dans ces moments-là qu'il y a besoin de rituel, quand la mort a semé la confusion. La violence du présent cherche alors une issue dans le sacré. Les cérémonies sont faites pour ça, pour que la mort soit supportable. Ce qui s'improvise dans ce cercle d'artistes réunis au Grand Théâtre, c'est un rituel.

8.

Lorsqu'au bout de sa course mystérieuse dans le cercle, il revient à Camille, le geste qui était parti d'elle encore incertain est maintenant chargé à bloc d'énergie et de sens – si différent soit le sens que, de main en main, les chanteurs lui ont prêté. Revient alors aux lèvres de Camille le lamento qu'elle avait déjà psalmodié tout à l'heure :

— Pas de pathos, pas de regret, pas de désespoir, mourir, c'est un objectif, ce n'est pas une conséquence, pas de rage, pas de souffrance…

La voix de Camille est assurée à présent, elle vous emporte loin – comme quoi le lyrisme, ce n'est pas seulement une affaire de technique ou de ligne vocale.

— C'est le dernier message que j'ai reçu de Simon, dit Camille. Pendant nos répétitions, il m'a envoyé des dizaines de textos de ce genre. Un déluge que je n'ai jamais su vraiment interpréter, entre appels à une autre mise en scène que la mienne et harcèlement amoureux. Ces messages étaient énigmatiques, certains comme des poèmes, d'autres comme des provocations. Celui que je viens de vous réciter, il me l'a envoyé à plusieurs reprises, sous diverses variantes. Une fois même, il me l'a chanté façon rap : « Pas d'pathos, pas d'regret, pas d'rêve… » Quand je lui ai demandé ce que voulait dire cette chanson, il a fait le clown et je n'ai pas su insister. « Pas d'pathos, pas d'regret, pas d'rêve… » : il parlait déjà de ses idées de suicide, mais je n'ai rien deviné.

Camille s'interrompt. Elle ferme les yeux. Quand elle les rouvre, son regard bute sur le cercle des chanteurs suspendus à ses lèvres.

— Vous vous rendez compte ? Je n'ai compris qu'après sa mort que, depuis le début, Simon m'annonçait son suicide !

J'ai reçu la dernière variante de ce message dans la nuit de vendredi à samedi dernier : « Pas de pathos, pas de regret, pas de… » Des larmes se mettent à couler sur les joues de Camille. Sa bouche s'ouvre puis se ferme, elle n'arrive plus à parler. Sa main amorce un geste, comme pour dire « ça suffit ! ». Elle déplie les jambes, se lève et sort à pas rapides de la salle de répétition.

Le déclic de la porte qui se referme derrière elle taille dans le silence de la salle et la tension collective descend d'un cran. En sortant, Camille autorise le groupe à s'éloigner de l'émotion qui le pétrifie. Pause. Il ne s'agit pas d'un entracte – ce ne serait pas de mise à l'instant. Un précipité plutôt, comme on dirait dans le monde du spectacle : les lumières de la salle ne remontent pas et les acteurs ne sortent pas de scène.

9.

Camille n'est plus là, mais personne ne parle pour autant. Ceux qui bougent le font le plus silencieusement possible. Le grand barbu en face du vieux a des fourmis dans les jambes, alors il se lève et fait trois petits sauts sur place, balance une rafale de coups de poing dans le vide – shadow-boxing contre ses fantômes, se dit le vieux –, et puis il va s'asseoir sur une chaise tout au fond, les yeux dans le vide. À l'évidence, il est déboussolé. Un peu plus loin dans le cercle, une femme sort machinalement son portable de sa poche, tape le code, ouvre un texto et soudain suspend son geste. « Mais non, on est encore en scène », semble-t-elle réaliser. Elle éteint précipitamment son écran et range son portable, confuse de s'être ainsi relâchée.

Quant au vieux, comme se lever promet d'être aussi épineux que s'asseoir l'a été tout à l'heure, il doit se contenter de déplier puis de replier les jambes sur place, histoire d'en chasser les crampes. Sa voisine de gauche, l'une des beautés qui l'ont troublé à son arrivée dans le cercle, lui demande tout bas s'il a besoin d'aide. Il est gêné – déjà qu'il a honte de voir des jeunes lui céder leur place dans le métro –, il fait non de la tête et reste assis par terre.

Le vieux se demande qui est qui sur cette scène. Quel rôle peut bien chanter, par exemple, la jolie voisine qui vient de lui proposer son aide ? Pamina ? Et alors, l'autre voisine, celle de droite, ce serait Papagena ? À moins qu'il ne s'agisse de l'inverse – à sa gauche Papagena et Pamina à sa droite. Il est ridicule : à l'opéra, ce sont les couleurs de voix qui décident, pas le physique. Sa fibre romantique se plaît malgré tout à poursuivre le jeu et à imaginer que la femme aux airs tendres et mystérieux chante le rôle de Pamina, et que celle au sourire coquin incarne Papagena. Mais alors, pour les trois femmes assises en face de lui, quels rôles ? Dans la famille *Flûte*, il demande à tout hasard les Trois Dames – la grande aux cheveux teints très blonds et qui passe un Kleenex sous ses yeux tiendrait le rôle de la Première Dame, la Deuxième Dame serait la femme corpulente habillée façon « cantatroce », comme dit Mireille pour se moquer, et celle qui a sorti son portable serait la Troisième. Du coup, la Reine de la Nuit, ce serait la femme à la robe verte à côté de Camille. Et la dernière femme présente dans la salle, une jeune et jolie Asiatique, serait la pianiste. Un dernier coup d'œil pour vérifier, ça y est, la distribution des femmes est faite – les femmes en premier, comme par hasard.

Pour plus d'égalité et de politiquement correct, le vieux s'applique ensuite à faire le casting des hommes. À la bonne bouille baraquée le rôle de Papageno. Le Noir aux baskets rouges chanterait Monostatos. Pour

Tamino et Sarastro, le vieux hésite – pourtant, un ténor et une basse, ce n'est pas pareil ! Il parie finalement que Sarastro serait le boxeur barbu de tout à l'heure et Tamino l'homme debout près de Danièle, à côté de la porte. Bien que cette distribution lyrique sans les voix n'ait ni queue ni tête, le vieux s'est donné des repères dans le groupe et il se croit un peu plus dans le coup. Il vient à peine de finir son casting au faciès quand Camille réapparaît à la porte de la salle de répétition. Elle tape dans ses mains – pur réflexe de metteur en scène, fin de la pause, chacun doit reprendre sa place.

— Je voudrais vous raconter comment j'ai connu Simon parce que j'ai vraiment cru au début qu'il trouverait sa place parmi nous. J'avais même pensé le prendre comme assistant.

Camille dodeline de la tête, fait un geste d'impuissance, un sourire triste sur les lèvres, puis s'assoit par terre en s'adossant au piano à queue.

10.

— Avec Simon, tout a commencé par une improvisation. Je ne devinais pas alors jusqu'où ses dingueries allaient m'entraîner.

Elle se retourne vers le vieux.

— C'était pendant le stage d'improvisation organisé par le Centre international de recherche dramatique de Pologne, dont tu m'avais dit tant de bien un jour au téléphone. Simon était au nombre des stagiaires.

À peine s'est-elle adressée au vieux, toutes les têtes se sont tournées vers lui. On le calcule – qui c'est celui-là ? Camille, toujours à son intention :

— Il y a longtemps, quand j'étais encore étudiante au Conservatoire et que j'étais venue te demander des conseils, tu m'avais dit : « Sur scène, on ne doit jamais dire non ; le théâtre ne tolère pas la négation. Ni fermeture ni dérobade. » J'ai encore aujourd'hui cette leçon à l'esprit. Quand le hasard m'a fait rencontrer Simon, c'était pour une impro pendant ce stage. Sur scène avec lui, je n'ai pas dit non, je n'ai pas freiné, je n'ai pas résisté, je n'ai fermé aucune porte. Et la catastrophe a commencé.

Elle a un ricanement :

— Une catastrophe, oui, une vraie cata…

Camille ferme les yeux, comme pour se calmer, avant de reprendre :

— Le stage était piloté par un maître venu d'Europe de l'Est – un gourou assez désagréable au fond, mais techniquement très fort.

« La règle d'impro qu'il avait définie ce jour-là était de travailler à deux, face à face, immobiles et en silence. Mon partenaire devait me raconter une histoire, mais sans s'aider de paroles ni de gestes. Seulement avec des regards et sa respiration. À moi d'entrer en miroir dans son rythme intérieur et dans son vécu. Un truc de fou, comme de la transmission de pensée – tout au long de ce stage, nous avons expérimenté des techniques du même genre, ce Polonais croyait à la télépathie. En temps normal, les ondes, vibrations et autres trucs New Age, ce n'est pas ma tasse de thé. Mais comme je n'étais pas là pour être négative, j'ai joué le jeu.

Camille lance un coup de menton dans la direction du vieux :

— Tu vois, je t'ai obéi, je n'ai pas dit non !

« Simon s'est installé à moins de deux mètres de moi, ses yeux dans mes yeux, et aussitôt j'ai été prise. Simon était incroyablement doué. Je n'avais jamais parlé avec lui jusque-là, je ne le connaissais pas et pourtant il m'a embarquée. Pas un mot, pas un geste de sa part, je respirais à son pas, je vivais avec lui, totalement branchée sur lui comme sur une évidence. De la confiance, j'étais en confiance, vous voyez ce que je veux dire, l'abandon doublé de cet élan qui s'empare parfois de nous sur scène. Ce n'était pas du cinéma, on ne faisait pas semblant. Ce n'était pas sexuel non plus. Tout simplement, j'étais avec lui, j'étais lui. C'était… C'était de la vie, de la vie pure et du coup avec une énergie incroyablement libre. J'ai oublié les images intérieures qui m'ont traversée à ce moment-là. Je dirais que c'était comme de grandes forêts, du ciel bleu, la mer, une nature immense, des bonds de joie, un air vif…

« Et puis, soudain, cette plénitude a volé en éclats. Brutalement – je suis convaincue que Simon a été aussi surpris que moi par ce qui lui arrivait. Il improvisait vraiment, je ne peux pas imaginer qu'il avait prévu que pareille bombe allait exploser. Après coup, je prends ça comme une leçon : l'âme du théâtre te tombe toujours dessus sans prévenir. Un moment, ce fut magnifique, et puis, brusquement, ça devint terrifiant : les pupilles de Simon se sont dilatées, son regard s'est vitrifié et, du coup, mes yeux aussi se sont figés en miroir des siens. Catastrophe, anéantissement : la mort venait d'entrer en nous. Je ne sais même pas si nous respirions encore !

« La vie qui disparaît : comment Simon a-t-il pu laisser venir en lui une pareille autodestruction ? Et comment ai-je pu partager ça avec lui ? Je me le demande encore.

À l'écoute de Camille, le vieux se dit qu'un infarctus ou un AVC massif, ce doit être ainsi, une fulgurance qu'on ne voit même pas arriver.

Camille continue à raconter son incroyable rencontre avec l'impossible de la mort à travers les yeux de Simon :

— J'ai vécu sur scène ce passage de vie à trépas, je vous promets, je l'ai vécu ! Mais ce n'est pas tout : notre impro ne s'est pas arrêtée, et même elle a continué, c'est ça qui est dingue ! Normalement, après la mort, tout est fini et notre improvisation aurait dû s'interrompre là. Mais pour Simon, non, il n'a pas laissé tomber, et moi, du coup, sans même y penser, je l'ai suivi. Ses yeux étaient vides de vie, les miens aussi, et pourtant nos regards ne se quittaient pas. La mort était passée en nous mais nous poursuivions quand même notre improvisation ! Je suis athée, croyez-moi, fermement athée, totalement incroyante, agnostique, rationaliste, je ne crois pas à l'au-delà, et pourtant Simon m'a amenée à continuer après la mort comme s'il y avait encore quelque chose à y vivre. Pendant ces instants de pur théâtre, nous avons partagé ce moment de la mort qu'il est pourtant par nature impossible de partager.

« Longtemps après – dix secondes, une minute, je suis incapable de dire combien de temps ce moment fou a duré –, les paupières de Simon se sont enfin fermées et l'impro en miroir a pu se terminer. J'étais groggy.

« Quelques jours plus tard, j'ai osé interroger Simon sur ce qui s'était passé pendant cette impro. Croirait-il donc en l'existence d'un au-delà ? Pas du tout, m'a-t-il assuré, il était aussi matérialiste et incroyant que moi, “une fois que tu es mort, c'est fini et basta !”. Je lui ai demandé : “Mais alors, ton impro… ?” Il m'a répondu : “Ce serait tellement bien si tout était possible dans la vie autant que c'est possible sur scène !”

11.

Camille :

— Après un moment d'impro si fort, on ne regarde plus son partenaire de la même façon. Ce n'est pas qu'on se connaisse mieux et qu'on doive forcément devenir potes. Mais, puisque vous avez passé un moment exceptionnel ensemble sur scène, s'instaure au moins du respect entre vous. Simon avait un talent énorme. Oser bousculer sur scène les frontières entre la vie et la mort, jouer avec les limites, c'est fort, non ?

Arrivée à ce point de son récit, Camille hésite à continuer. Elle entame une phrase, s'interrompt, non, ce n'est pas ça qu'elle veut dire, alors elle s'arrête, puis elle tente de reprendre autrement mais à nouveau elle s'interrompt. Enfin, après un silence que personne n'a osé briser :

— Maintenant que Simon vient de se suicider, le souvenir de cette impro prend un sens terrible.

Chaque artiste dans la salle revoit ce Simon qui allait s'asseoir tous les jours au fond de la salle de répétition, obstinément silencieux, habillé en noir et toujours pieds nus. Ce comédien égaré au pays des lyricos faisait un peu peur. Comme tant d'étrangers, il était à la fois inquiétant et fascinant.

Le vieux, lui, réalise qu'une ligne continue relie le jour où il a fait la connaissance de Simon à maintenant. La mort aura été présente à chacune de leurs rencontres – quand, voici moins de deux ans, ils avaient écouté ensemble un podcast sur le suicide assisté pendant les obsèques de son grand-père. Puis lors de l'enterrement de la mère de Camille. Et puis, après-demain, pour la dernière fois, quand Simon sera incinéré.

Camille :

— Dans la foulée de cette impro exceptionnelle, je lui ai proposé de venir travailler avec nous pour *La Flûte enchantée*. C'est comme ça que je l'ai introduit dans notre production.

En se retournant vers le vieux :

— En plus, j'avais cru comprendre que Simon était de ta famille. Un neveu, je crois ?

Le vieux :

— Pas vraiment. Plutôt un arrière-arrière-petit-neveu par alliance, des liens vraiment très lointains...

Le vieux ne veut surtout pas qu'on imagine qu'il est venu au Grand Théâtre pour des raisons familiales. Il est de la génération soixante-huitarde, quand on disait que la famille, c'est un concept bourgeois. Mais alors, réalise-t-il, en se défendant d'être là pour Simon, pourquoi lui-même a-t-il donc accouru jusqu'au Grand Théâtre ? Pour Camille ? Ou pour la *Flûte* ? Ou pour le suicide ?

Camille reprend la parole à ce moment-là et dispense provisoirement le vieux de creuser plus loin dans ses réelles motivations :

— Il avait beaucoup d'autres qualités, Simon : il était bon musicien, bon lecteur de partitions, bon pianiste et, en plus, il parlait l'allemand : tout pour plaire à la metteuse en scène d'opéra que j'allais être avec *La Flûte enchantée*. Et puis il était intelligent. Et fascinant. Et…

Camille ne finit pas sa phrase.

— Je lui ai proposé de devenir mon assistant parce que je croyais avoir besoin de lui, pour moi et pour vous. Eh bien, ce fut une erreur terrible ! Je me suis plantée, totalement plantée, il a pourri ma préparation du spectacle, puis nos répétitions et, maintenant, il est mort.

Arrivée à ce point de son récit, Camille regarde tout le monde, puis elle se croit obligée de préciser :

— Non, il n'a pas été mon amant. Ne croyez pas que…

La voix de Camille s'étrangle. Jusqu'alors, la jeune femme avait tenu le coup. Mais là, elle craque :

— Pardon, pardon… C'est ma faute… Je n'aurais pas dû le faire venir…

Pardon à Simon, pardon au spectacle, pardon à tous… Camille se lève, désemparée, et se dirige vers la porte. Mais les chanteurs attendent encore quelque chose d'elle, après tout elle est leur leader, la metteuse en scène, celle qui doit les conduire jusqu'au bout du spectacle. Elle le sent et se retourne vers eux en faisant non de la tête, non, elle ne peut pas, ce n'est pas qu'elle les lâche, mais elle ne sait plus comment continuer.

Arrivée à la porte, elle s'adosse au mur du fond, debout, en larmes. Un truc absurde lui vient à la bouche :

— La barbe de Simon était dure, très bleue et très dure...

Pourquoi dit-elle cela ? Elle-même ne le sait pas. Sa phrase reste comme en panne. Puis elle ajoute, comme s'il lui fallait aller au bout de cette incongruité :

— Chaque fois que Simon me faisait la bise, ma peau devenait écarlate.

Un médecin a dit un jour au vieux que les allergies sont des réponses exagérées du corps devant des agents extérieurs qu'il prend pour des périls. Camille se sentait-elle en danger avec Simon ?

L'esprit de chacun flotte dans la salle de répétition avec les fantômes que Camille a libérés. Les jeunes ne pensent pas vraiment à leur mort – à leur âge, on est encore éternels et les rares défunts qu'ils ont eu à connaître – des grands-parents, des amis de leur famille – n'ont jamais pris l'air de bombes menaçantes. Mais avant le suicide de Simon, ils se sentaient tout de même un peu plus immortels qu'à présent.

Pour le vieux, c'est différent : le suicide de Simon tombe comme un obus de fort calibre dans le paysage de plus en plus dévasté qui l'entoure. Ce n'est pas qu'en soi la disparition de Simon l'anéantisse – ce jeune lui était vraiment étranger. Mais au souvenir de leur première conversation sur le suicide se superpose cette impro que Camille vient de raconter et la mort devient irrésistiblement une question urgente : « Dis donc, toi, vieux, tu vas te décider à t'occuper de ta propre mort ? »

Le groupe se disperse. Tout ce qui pouvait se dire, tout ce qui pouvait se faire collectivement cet après-midi a été dit et fait. Qu'entreprendre de plus qui soit à la hauteur ? Ne s'entendent donc encore dans la salle de répétition que des larmes étouffées et des chuchotis, la tristesse et les quelques mots qu'on parvient à souffler à son voisin à la fin d'un office.

Danièle sort la première, après avoir longuement serré Camille dans ses bras. En voyant la concierge embrasser Camille, le vieux réalise que bien que n'ayant jamais intégré le cercle des chanteurs, Danièle n'y a jamais semblé extérieure et qu'elle va redescendre vers sa loge comme un sacristain retournerait au presbytère après avoir discrètement suivi le service divin depuis les bas-côtés de l'église.

Une artiste devine l'arthrose du vieux et lui offre sa main pour l'aider à se lever. Il saisit la main tendue, même si les handicaps liés son âge l'embarrassent – pas moyen de s'y faire ! Son « merci » retentit fort dans le silence qui règne maintenant autour d'eux. La chanteuse lui sourit en retour, un sourire comme les femmes n'en font pas souvent aux hommes qu'elles ne connaissent pas. Pendant une seconde, l'idiot se sent moins vieux. Puis il réalise que les femmes séduisantes ne se risquent à sourire ainsi qu'aux inoffensifs comme lui, quand ils ne sont plus porteurs d'aucun des dangers du désir. La jeune femme court rattraper les autres dans l'escalier et le pauvre chéri reste debout, ballot, à contempler ce sourire et la vie qui s'enfuient.

Ils ne sont plus que deux à rester encore dans la salle de répétition : Camille et lui. La metteuse en scène se laisse alors aller à ses larmes et à son désarroi. Camille qu'il vient de voir solide et vulnérable, mystique et lucide, humble et pourtant leader, sans frime ni pathos exagérés, Camille se jette dans ses bras, épuisée par la tension nerveuse du moment. Ils passent de longues minutes ainsi, serrés l'un contre l'autre.

Puis elle recule et pose les mains sur les épaules du vieux.

— J'ai vraiment besoin de toi. Il faut que je te montre quelque chose.

Sans se soucier de sa réponse, elle court vers la porte.

— Tu m'attends ?

Bien sûr qu'il t'attendra, Camille – tu peux lui demander ce que tu veux, les vieux ne cherchent qu'à se croire utiles.

12.

Même vides, les salles de théâtre ne sont jamais désertes. Les notes qu'on y a chantées, les pages qu'on y a dites, les âmes qui ont dansé sur la scène ont toutes laissé là un bout d'elles-mêmes. Il suffit de fermer les yeux et d'écouter : les Théâtres palpitent tout le temps de milliers d'émotions.

Seul sur le plateau, le vieux tend l'oreille à ces harmonies et à ces frottements qui frémissent autour de lui. Sa carcasse vibre. Sa pendule artistique intérieure se remet à tourner à plein régime quand bien même elle se croyait en panne depuis qu'il ne fait plus de mise en scène. Il s'imaginait que sa nouvelle vie se passait parfaitement bien sans pratique théâtrale ni musicale, mais voilà qu'à peine Camille l'a laissé seul dans ce Théâtre, il est à nouveau secoué par ces perceptions qui toute sa vie ont été sa nourriture physique et spirituelle. La scène, les perches, les projecteurs, les pendrillons, les coulisses font partie de son monde intérieur, bien plus qu'il ne le croyait. Il s'était trouvé des excuses pour ne plus pratiquer, l'âge – soixante-dix-huit ans tout de même –, l'arthrose, la récupération, la mémoire, les muscles de ses jambes et de ses bras qui fondent. Ses muscles artistiques aussi, croit-il, ont fondu. Il ne joue plus de piano, il y a renoncé. (Il dit tout de même, et contradictoirement, qu'à l'heure de sa mort il jouera encore un dernier *Choral* de Bach et qu'il tiendra ensuite lui-même l'orgue pendant son propre enterrement. Histoire de mourir avec panache, au clavier, comme d'autres meurent debout !)

Le vieux se dirige vers le quart-de-queue Yamaha à sa gauche : « Il m'a fait de l'œil ! » – c'est la minable grivoiserie que le vieux se dit pour justifier la tentation qui l'assaille. Voilà que le piano le racolerait maintenant, style « tu viens, chéri ? ». Il craque tel un alcoolique qui ouvrirait une bouteille sous prétexte d'en savourer la seule odeur. Il soulève le couvercle de l'instrument et tape un accord, d'une main, debout, rien qu'un, juste pour entendre comment il sonne, ce Yamaha. Serment d'ivrogne évidemment ! Il plaque aussitôt un second accord et puis encore un autre, des deux mains celui-là, et le voilà qui entre dans la musique, harmonie après harmonie, en se laissant aller à des arpèges et à des cascades de notes. Les passages de pouces sont rouillés, le dos regimbe, mais son pied droit retrouve ses marques sur la pédale forte et la musique reprend son corps. Que c'est bon !

Un choral de César Franck lui vient tout seul, trois pages de musique qu'il joue par cœur sans presque aucune hésitation. Formidable ! Après Franck, les touches d'ivoire et d'ébène appellent le *Premier impromptu* de Schubert – quelle mémoire extraordinaire ont nos doigts ! Ça fonctionne encore un moment. Pas jusqu'au bout quand même car le pianiste se met à hésiter de plus en plus souvent. Des pensées parasites le perturbent. Le vieux s'entend, il se juge et son *Impromptu* devient pitoyable. Il s'interrompt brusquement et murmure en croyant penser à autre chose :

— De toute façon, ce Simon était beaucoup trop jeune pour elle !

Qu'est-ce que l'image de Simon vient donc faire là ? Souviens-toi, vieux : le jeune comédien jouait précisément cet *Impromptu* la dernière fois que tu l'as vu vivant, lors de l'enterrement de Catherine, la mère de Camille.

Stop alors, Schubert, stop !

Pour chasser ce souvenir parasite, le vieux se jette sur la réduction piano-chant de *La Flûte enchantée* qui est posée devant lui sur le pupitre du Yamaha. Elle est ouverte au numéro sept du premier acte – le duo Pamina-Papageno. Il se met à lire la partition de cet andantino – le tempo est lent, facile à déchiffrer, et cet hymne simplet à l'amour tombe tout seul sous ses doigts, tant mieux. Il chantonne en s'accompagnant : « *Bei Männern, welche Liebe fülhen...* » Des paroles cuculs, mais ce n'est pas grave. Il poursuit : « *Wir leben durch die Lieb allein...* » Le vieux ne parle pas bien l'allemand, ce qui lui permet de faire dire au livret ce qu'il a envie d'y trouver : « Célébrons l'amour... Chacun pense à l'amour... »

Il est tellement vrai que l'amour c'est bon !

Dans son élan musical et sentimental, le vieux enchaîne avec la scène suivante. Et puis non, les Trois Garçons arrivent à cette page-là. Il ne les aime pas – il n'y a jamais cru, ni comme spectateur ni en tant que metteur en scène potentiel –, alors il saute le passage. Il survole ensuite le récitatif de Tamino et la scène du Sprecher jusqu'à cette phrase qui le fait chavirer à tous les coups : « *Sobald dich führt der Freundschaft Hand ins Heiligtum zum ew'gen Band*... Une main amie te guidera et tu entreras dans le temple... » Peu importe au vieux le sens cureton de ces mots – encore qu'il se demande pourquoi l'idée du bien, de la bonté et de l'espoir nous fait si souvent ricaner –, cette ligne mélodique du Sprecher le bouleverse bien au-delà des misérables mots dont l'affuble le livret. « *Sobald dich führt der Freundschaft Hand*... » Il revient encore en arrière et se laisse empoigner par ces trois mesures irrésistibles – pas par le Temple de la Vérité et patin-couffin, mais par l'amitié qu'est cette musique.

13.

Quand le vieux déchiffre les acclamations qui célèbrent l'arrivée de Sarastro à la fin du premier acte – « *Es lebe Sarastro ! Sarastro soll leben !* » –, Camille, revenue à l'instant dans la salle de répétition, mêle sa voix à la sienne : « *Es lebe Sarastro ! Sarastro soll leben !* » Le vieux ôte aussitôt ses mains du clavier et cesse de chanter – il a honte de sa médiocrité pianistique, de sa voix et de lui-même – et Camille se retrouve alors a capella pour la phrase suivante : « *Er ist es, dem wir unst mit Freude ergeben...* »

Elle commente :

— Simon détestait ce final du premier acte. Il le trouvait boursouflé. « Longue vie à Sarastro ! Vénérons-le !... » Il prenait de même le dernier chœur de *La Flûte enchantée* pour un hymne à la gloire de la dictature.

À cet instant-là, ce n'est pas la dramaturgie qui trouble le vieux, mais le poids des mains que Camille, debout derrière lui, a posées sur ses épaules. Cette présence contre son dos, ce parfum, ce contact... Il fait un brusque demi-tour sur son tabouret et s'empare des mains de la jeune femme pour les embrasser. Dans l'élan du vieux, il y a plus que de la tendresse. Il retrouve, comme en écho, les émotions de l'an dernier après la représentation de *La Tempête*, quand ses mains frissonnaient au contact de celles de Camille. Le vieux s'oublie, comme on dit. Le vieux oublie qu'il est vieux.

Camille n'attend pas ça de lui aujourd'hui (a-t-elle d'ailleurs jamais attendu quoi que ce soit de ce genre de sa part ?). Elle recule vivement d'un pas et le vieux se retrouve seul, tassé, piteux sur son tabouret. La jeune femme debout aperçoit des îlots rosâtres de peau sur son crâne déplumé tandis qu'il bredouille un pardon. Un flottement et puis Camille passe à autre chose – de toute façon, elle n'a rien à craindre de ce vieillard, et puis, quand même, elle l'aime beaucoup, depuis tellement longtemps. Elle lui montre l'iPhone qu'elle est allée chercher dans sa voiture – par principe, Camille n'entre jamais dans un Théâtre encombrée de cet ennemi de l'art :

— J'ai dit tout à l'heure à l'équipe que, pendant nos répétitions, Simon m'avait écrit des dizaines de textos. Je n'ai pas précisé que le message que je venais de réciter m'avait été envoyé par Simon à peine quelques secondes avant qu'il ne saute dans le vide.

Trois pressions sur son petit écran, Camille ouvre un fichier, appuie sur l'icône du haut-parleur, met en branle le bouton « play » et on entend la voix de Simon :

« Pas de pathos, pas de regret, pas de désespoir, mourir, c'est un objectif, ce n'est pas une conséquence, pas de rage, pas de souffrance… »

Elle est terrible à écouter cette voix, quand on sait qu'elle va mourir juste après. En l'entendant, le vieux se retrouve un instant lui aussi comme au bord du vide.

Camille :

— Il m'avait déjà appelée plusieurs fois au cours de cette soirée, mais je n'avais pas décroché. Pendant la nuit, mon portable a sonné. Zut, c'était encore lui. Je n'ai toujours pas pris. Tu te rends compte : j'ai refusé de l'écouter et ensuite il s'est jeté dans le vide !

Camille pleure.

Elle fait revenir l'enregistrement en arrière. Le message résonne encore une fois dans la salle de répétition :

« Pas de pathos, pas de regret, pas de désespoir… »

Camille murmure les mots en même temps que défile l'enregistrement. Depuis deux jours qu'elle l'écoute et le réécoute, ce message s'est transformé en musique intime, comme une douleur impossible à lâcher. Elle entend la solitude de la nuit. Elle voit Simon à cheval sur le parapet de la terrasse. Un pied dans le vide, et bientôt l'autre…

« Pas de pathos ! »

Vingt-trois secondes, le message de Simon dure vingt-trois secondes selon la ligne de durée affichée en bleu dans la messagerie, Simon a enregistré un message de vingt-trois secondes et puis il a sauté.

Une question idiote traverse le vieux : combien de secondes dure pareille chute avant qu'on s'écrase au sol ? Il se met bêtement à calculer avec ses souvenirs de lycée : $y = 1/2gt2$… Il sèche évidemment. Au pif alors : deux ou trois secondes. De toute façon, des secondes de trop. Le vieux s'imagine à vingt mètres au-dessus du sol, au sommet d'un grand immeuble, ou des arènes de Nîmes par exemple, et se fait un film halluciné de tentative de suicide. Sauf qu'à la fin, lui, à coup sûr, il se déballonnerait et ne sauterait pas.

Le vieux se secoue, vite, quitter ce navet imaginaire ! Il se lève et entraîne Camille vers la pénombre, à l'autre bout de la salle de répétition, loin du piano et des projecteurs. Il prend deux chaises qu'il pose côte à côte. Là, il va jouer le grand-père, c'est dans ce rôle que l'attend Camille, rien d'autre. Confiante, comme s'il avait promis de rester à la bonne distance, elle pose la tête sur son épaule. Le vieux a le nez dans les cheveux de la jeune femme. Intimité sans sexe. La lucidité aussi a du bon.

— Samedi dernier, à l'aube, Danièle a sonné à ma porte. Elle venait de trouver le corps de Simon au pied du Théâtre. Après avoir appelé le Samu, elle venait m'annoncer que… J'ai commencé par refuser de la croire. Simon fracassé sur le trottoir du Grand Théâtre ? Impossible ! Peut-être qu'il n'était pas mort… J'assurais qu'il restait une chance, qu'elle n'avait peut-être pas bien vu, que certains chats s'en sortent quand ils tombent de très haut et que Simon était comme un chat, n'est-ce pas ?

Elle m'a embarquée dans sa voiture. Pendant qu'on fonçait vers l'hôpital, j'ai écouté peut-être dix fois le dernier message de Simon sur mon portable. Quand nous sommes arrivées dans la cour de l'hosto, je répétais toujours en boucle : « … pas de désespoir, pas de désespoir… »

Danièle a donné le nom de Simon à l'accueil et on nous a indiqué le chemin à suivre – ressortir du hall, tourner à gauche, prendre l'allée encore à gauche, marcher cent mètres environ. Toujours mon portable à la main et son haut-parleur à plein régime, j'ai couru. Je me racontais qu'on se dirigeait vers la réanimation et qu'on allait me dire qu'il était en train d'être opéré ou quelque chose comme ça. Je relançais le message comme si l'écouter sans relâche pouvait garder Simon en vie. Quand nous sommes arrivées à la morgue, je tenais à la main la voix vivante de Simon tandis que, de l'autre côté de la porte fermée à double tour, son corps fracassé gisait déjà dans un tiroir réfrigéré.

Quand j'ai enfin réalisé que Simon était mort, au lieu de « Pas de désespoir, pas de désespoir ! », un autre refrain s'est mis à hurler dans ma tête : « Pas de *Flûte*, pas de *Flûte* ! » J'ai tourné un bon quart d'heure dans les jardins qui entourent l'hôpital en criant comme une folle :

— Pas de *Flûte*, pas de *Flûte* !

Camille se tourne vers le vieux.

— Je ne peux pas finir cette mise en scène de la *Flûte*, je t'assure !

À cet instant, le vieux ne croit pas Camille. Il suit une autre intuition :

— Tu étais amoureuse de lui ?

— J'ai été attirée, c'est sûr, mais…

— Vous avez été ensemble ?

— Non.

— Vous avez fait l'amour ?

Zut, en quoi ça regarde le vieux ? Camille ne répond pas. Il se reprend :

— Pardon…

Camille, alors :

— De toute façon, il ne me l'a pas proposé.

Et elle ajoute, grinçante :

— Et moi non plus.

Haussement d'épaules, stop, ça suffit !

14.

Camille se lève de sa chaise. Elle écarte les bras de son corps, *inspir*, *expir* – *inspir*, les bras qui s'écartent du corps, *expir*, les bras qui reviennent, etc. À trois reprises. Ensuite, elle se rassoit près du vieux.

— Simon et moi, nous avons appris ça auprès du maître de stage où nous nous sommes connus. *Inspir*, *expir*, il commençait et finissait chaque séquence de travail avec ce rituel pour, disait-il, remettre les émotions dans le bon ordre.

Puis :

— Ça va aller…

Camille tente de rassurer le vieux et de se rassurer elle-même. Mais elle se remet aussitôt à pleurer.

Évidemment, ça ne va pas.

Plus tard, Camille et le vieux font défiler sur l'écran la centaine de messages que Simon a expédiés à la metteuse en scène depuis le début des répétitions. Elle n'en a effacé aucun. En gris apparaissent les textos du comédien – certains lapidaires, d'autres interminables. Et, en vert, les émoticônes qu'elle lui envoyait en guise de réponse – un pouce levé ou bien une étoile, elle n'avait pas trouvé plus neutre.

D'un coup de doigt sur son écran, Camille fait fuser les bulles des messages et lit ce qui vient s'arrêter sous leurs yeux. D'une chiquenaude, le vieux relance ensuite les bulles sur l'écran dans l'autre sens : déluge de pixels illisibles tant ils passent vite. Le torrent ralentit, finit par s'arrêter et c'est alors comme à *La Roue de la fortune*, ils peuvent lire ce que le hasard a choisi pour eux. Total désordre dans ce jeu à quatre mains – un coup de doigt vers le bas et ce sont les plus anciens messages de Simon qui viennent ; un coup dans l'autre sens et l'on se rapproche de vendredi, c'est-à-dire de la mort de Simon.

Camille ne pleure plus, c'est déjà ça.

Les messages qu'il avait écrits prennent des allures prémonitoires : « Même dans la mort, il y a besoin de musique », dit le premier texto que leur roulette exhume. Il est daté du 7 juillet, quelques jours après le début des répétitions. Simon avait ajouté : « À la fin, Tosca saute et meurt. »

Commentaire de Camille :

— Au début, quand Simon m'envoyait ce genre d'aphorismes, je ne voulais y voir que des réflexions générales sur le faire semblant au théâtre et à l'opéra. En fait, Simon me prévenait : la Tosca dont il parle saute du haut du palais Farnèse exactement comme il sautera lui-même du haut du Grand Théâtre. Un autre message disait : « Quand on meurt sur scène, on meurt vraiment. »

Leurs doigts effleurent le smartphone inlassablement et ça fait sens à tous les coups, comme si des secrets étaient cachés derrière chaque envoi. Quand Camille et le vieux relancent une dernière fois la sarabande de textos, ils tombent sur deux citations extraites par Simon – « “La bêtise serait de conclure” (Flaubert) », puis : « “Du nerf [...] un effort ultime et tu pourras voler comme l’oiseau dans l’air” (Zabolotski) » – suivies de deux messages qu’on dirait tirés d’un tarot chez la voyante : « Il y a des jours où le diable est irrésistible. » Et encore : « Quand je mourrai, plus rien n’étant pour moi, plus rien ne sera du tout et il n’y aura plus de *Flûte.* »

Fin du jeu. Camille se lève, frémissante, et lance :

— Simon avait raison, pas de *Flûte* ! Il n’y aura pas de *Flûte* !

L’exercice d’exorcisme n’a pas marché.

15.

Le vieux explique à Camille que sa réaction est normale, qu'elle est paumée, qu'après le suicide d'un proche on n'a plus d'énergie, mais que les artistes ont encore besoin d'elle et que *the show must go on*, c'est la règle dans notre métier – il dit « notre », comme s'il en était encore.

Les vieux ont en stock des tonnes de mots rassurants de ce genre. Ça ne marche pas et Camille fait non de la tête :

— Fini ! Je te dis, c'est fini !

— Mais votre spectacle…

— Je ne peux pas continuer. C'est au-dessus de mes forces, je ne m'en sortirai pas…

Camille se recroqueville sur son siège, les pieds posés sur le rebord, les genoux sous le menton, les bras autour des jambes. Elle est tout entière boule de refus.

— J'arrête !

Et d'ajouter comme une évidence :

— Tu n'as qu'à finir à ma place, toi !

Ah, c'était là qu'elle voulait en venir ! Camille n'avait appelé le vieux en urgence au Grand Théâtre que pour qu'il prenne son relais ! Pour qu'il achève la mise en scène du spectacle à sa place ! Pas par amour, pas par besoin d'affection, mais pour sauver sa production ! Le vieux prend une claque.

— Ainsi, tu m'as fait venir pour que je te remplace ?

Camille, désarçonnée :

— Non, je t'assure, je n'y avais pas pensé jusqu'à cet instant…

Il se lève d'un bond. En rage contre elle, contre lui-même, contre tout. Il tourne dans la salle, dans un sens, dans l'autre – aux arènes, on dit dans ces cas-là que le *toro* cherche sa *querencia* –, il donne des coups de pied dans le vide, il marmonne tout seul, il ne trouve ni sa place ni ses mots. Il revient se planter en face de Camille pour hurler que… Et puis non, ce n'est pas après elle qu'il en a. C'est lui le problème, pas elle. Vieux con, va ! À bientôt quatre-vingts ans, les choses n'étaient toujours pas claires en toi, tu n'en avais pas fini avec tes rêves de mettre en scène la *Flûte* et il a suffi que Camille appuie sur le bouton Mozart pour que ça te démange à nouveau !

Il est dévarié, le vieux.

Il en grillerait bien une soudain, lui qui a cessé de fumer depuis trente ans !

Ses allées et venues agitées le ramènent devant le piano. Sa *querencia*, il la trouve là. Quand il était petit, il passait des heures réfugié sur le tabouret du piano de son grand-père, entre rêve et abri. Il a encore besoin de la protection de l'instrument maintenant. Sauf qu'une fois assis, il est repris de honte par sa médiocrité pianistique et il retient ses mains au moment où elles allaient jouer un choral de Bach. Non, ce n'est pas possible devant Camille. Alors il ne fait qu'effleurer le piano, sans jouer – c'est bien de lui ça, toucher sans toucher. Il frôle l'ivoire et l'ébène du clavier et ses doigts chantent en silence.

Une fois, au tout début de leur histoire, Mireille s'était barrée. Il avait eu réellement peur que tout soit fichu entre eux. Pour conjurer la catastrophe, il avait plongé dans un recueil de chorals de Bach. Trois cent soixante et onze chorals édités chez Breitkopf qu'il avait déchiffrés comme autant de prières. Il en avait dévoré une dizaine par jour. Bach l'avait tenu debout jusqu'à ce que, deux semaines plus tard, il retrouve Mireille.

Il s'était aussi remis à fumer pendant ces quinze jours.

Le vieux ferme rageusement la partition de Mozart qui est posée sur le pupitre du piano – et puis non, il la rouvre, après tout, cette *Flûte enchantée* est à sa place ici, c'est lui qui n'y est pas, il ne devrait pas être dans ce Théâtre. Tout le monde est à sa place dans cette salle de répétition, tout le monde sauf le metteur en scène qu'il n'est plus.

Il gueule à Camille – et aussi à ses propres fantômes :

— Non, pas moi ! Pas la *Flûte* !

Définitive décision.

Finalement, le choral de Bach, même muet, a rempli son rôle. Le vieux a retrouvé une colonne vertébrale.

Il change de sujet et demande :

— Je peux voir la terrasse ?

— Pourquoi ?

Pourquoi la terrasse ?

— Parce que c'est de là que Simon a sauté.

16.

Par quel bout prendre un vieillard qui vous parle de la mort ? Camille commence par éluder – tout le monde ferait la même chose dans ces cas-là :

— Ne dis pas de conneries.

Elle a tort, Camille.

Si un vieux encore bien portant tente de causer avec vous de sa fin tout de même prochaine, ne faites surtout pas comme Camille, ne lui répondez pas qu'on a le temps d'y penser, qu'on n'est pas pressés de le voir mourir et que, d'abord, il a l'air en forme, et puis que la vie continue, que les enfants, les petits-enfants, les petits oiseaux, etc. Au contraire, ne vous dérobez pas, accueillez sa proposition, aidez-le à parler de sa mort ! Mieux il se porte, moins il y a urgence à parler de la mort, et moins la conversation sera difficile. La question se posera un jour ou l'autre, alors autant ne pas attendre qu'il soit trop tard – quand sera venue l'heure de l'hôpital ou de l'Ehpad. Bien vivre, c'est aussi savoir faire autant que possible avec l'incontournable horizon de la mort ! Une fois arrivé à l'agonie, le mourant ne tiendra plus beaucoup à en parler – si tant est qu'il en soit encore physiquement capable. Il touchera sa fin du doigt, et ce sera bien suffisant. De votre côté, vous n'aurez pas le courage de compliquer cette dernière étape. Et alors, l'un et l'autre, vous ferez comme vous pourrez, c'est-à-dire rien ou presque – que des sourires tristes, des mains qui se serrent et des larmes cachées du mieux possible. Les minutes, les heures, parfois les jours et les nuits continueront ainsi, affreux d'embarras et de non-dits, voire de mensonges pieux, et quand viendra le dernier souffle, tout le monde sera passé à côté de l'essentiel.

17.

— Bien sûr, on peut aller sur la terrasse…

Mais elle change de sujet et parle des lisianthus posés dans un grand vase à l'entrée de la salle de répétition :

— Danièle met des fleurs partout, au foyer, dans les loges, dans les couloirs, dans cette salle de répétition. Elle en mettrait sur la scène si elle pouvait ! D'immenses bouquets de mimosas, de camélias, de rhododendrons, d'hortensias, de fleurs des champs – c'est selon la saison.

Camille débarrasse le bouquet des quelques têtes rouillées qui l'encombrent. Elle froisse machinalement les pétales fanés, puis elle finit par demander :

— Tu veux vraiment aller sur la terrasse ?

Il hoche la tête.

— Bon, alors viens !…

Camille extrait quelques fleurs du bouquet, en bon état celles-là, et entraîne le vieux vers la porte du fond.

Arrivée là-haut, Camille se dirige tout d'abord vers le parapet et lance dans le vide les lisianthus blancs qu'elle avait emportés. Elle porte la main à ses lèvres et envoie un baiser à la suite des fleurs. Une pensée pour Simon, c'était la première chose à faire.

Le vieux découvre l'endroit. À sa droite, au niveau de ce qui doit être la façade du Grand Théâtre, des statues de pierre géantes dansent sur ce toit depuis la fin du XIXe siècle. À sa gauche dépasse la tête d'une statue dont l'épaule massive mord sur le parapet auquel est accoudée Camille. L'entrée des artistes et l'arrière du Théâtre ont donc aussi eu droit à leurs décorations de pierre.

En s'approchant du parapet, le vieux découvre un panorama superbe avec, en bas, au premier plan, la place du Théâtre, plus loin, le fleuve et, tout autour, les toits de la ville. Au fond, les HLM et les banlieues en cours de désindustrialisation. Quand Camille lui montre la péniche qui passe en contrebas sur le fleuve, le vieux rectifie :

— Un bateau, il paraît qu'il faut dire bateau ! Seuls les touristes diraient péniche.

Et d'ajouter, façon écolo sentencieux :

— Tu te rends compte que ce bateau pourrait transporter jusqu'à cent cinquante containers ? Et hop, cent cinquante semi-remorques de moins sur l'autoroute.

— Avant chaque lampée de tequila, Simon disait « et hop ! ».

Paysage, bateaux, écologie : ils avaient fait autant de détours que possible. Avec l'alcool de Simon, ils retrouvent le cœur de leur sujet.

18.

— C'est de là que… ?

— Oui, c'est de là !…

Difficile de finir les phrases ici, les lieux où la mort est passée nous saisissent à tous les coups.

Une escadrille de goélands traversent le ciel à grands cris. Camille les montre du doigt.

— Même eux s'y mettent !

Le vieux tente encore une digression :

— Dans cette région, est-ce qu'on dit que les goélands raillent ou bien qu'ils pleurent ?

Camille ne sait pas. De toute façon, ça ne changerait rien, ils font chier, les goélands. Elle revient au suicidé puisque le vieux a voulu venir sur la terrasse à cause de lui :

— Danièle et Simon se retrouvaient ici chaque soir après la répétition.

— Pour quoi faire ?

— Je ne sais pas…

— Mais entre eux deux, il y avait une énorme différence d'âge…

— Une quarantaine d'années…

Le vieux calcule machinalement : une femme de quarante ans de plus que lui frôlerait les cent vingt ans et ne serait plus qu'une ruine dégoulinante en fauteuil, couche et dentier. Dans l'autre sens, une femme de trente ou quarante ans de moins que lui, ça donnerait qui ? Réponse évidente qui anéantit le vieux : ça donnerait Camille !

La metteuse en scène n'entend pas les tumultes intérieurs qui agitent le vieux, mais elle est sur la même longueur d'onde à sa façon : elle réalise qu'il a presque quarante ans de plus qu'elle et que Simon, de son côté, en avait vingt de moins ! Mais Camille en rit tandis que le vieux frissonne devant l'abîme des générations.

Quand il se penche par-dessus la rambarde, une image tout en noir de Simon se met à tournoyer devant ses yeux hypnotisés par le vide. Il avance la tête et les épaules pour discerner l'endroit où le corps de Simon s'est fracassé, mais non, il n'y a plus rien à voir sur le trottoir tout en bas, pas de petite flaque noirâtre, pas de bouillie de sang et d'os, l'arroseuse municipale est passée.

Comment peut-on oser se balancer d'ici ? La question tourne comme un vertige : rien que de regarder dans le vide, tu as les jetons. Le vieux se penche un peu plus, il est maintenant sur la pointe des pieds, il suffirait qu'il compte « un, deux, trois » et qu'il se force un tant soit peu pour basculer. Simon n'a pas reculé, lui…

Stop ! Le vide t'appelle donc tant que ça, vieux ?

Il fait un pas en arrière et redescend sur terre – c'est-à-dire ici, sur la terrasse. À Camille :

— Mais toi, tu le ferais ?

— Quoi ?

— Sauter.

La question est idiote.

— Jamais de la vie !

La réponse aussi est idiote, mais le vieux ne s'y arrête pas. Il dit plutôt :

— Il faut vraiment que j'adhère à l'ADMD.

— À quoi ?

— L'Association pour le droit à mourir dans la dignité. T'ai-je raconté que la première chose dont j'ai parlé avec Simon lorsqu'on a fait connaissance, c'est du suicide assisté ?

— Et… ?

— Peut-être qu'au fond, je ne suis pas venu ici à cause de Simon, ni à cause de toi, ni à cause de la *Flûte*, mais à cause du suicide…

Un goéland juché sur le toit pleure tant et plus. C'est au cas où l'un d'eux aurait quelque chose à lui lancer à manger.

Camille reconduit le vieux vers la sortie.

— Tu devrais aller demander à Danièle de te raconter Simon.

Le vieux pense à sa psy quand elle lui disait que la séance était finie.

DEUXIÈME PARTIE

LES CONTES DE LA KEBEN

1.

Danièle, écrire Danièle avec un seul « l », surtout pas de « l » doublé s'il vous plaît, elle y tient à son « l » unique, qu'on ne la confonde pas avec les pétasses de sa génération. « D'abord, deux ailes, on réserve ça aux anges », grommelle-t-elle. Danièle ajoute aussi que, puisqu'elle est sur terre et qu'elle ne vole pas, son rôle, avec son aile unique, c'est d'accueillir. Qu'au moins le monde où elle vit soit hospitalier. « Ni triste, ni rabat-joie, ni reboussière », lui recommandait sa grand-mère.

Voilà pour les côtés de sainte de Danièle, avec une ou deux ailes.

Elle mélange souvent les faits, les commentaires, les états d'âme et les rêves, tout dans le même sac, ce qui lui donne parfois des airs bizarres. Il a suffi que des voisins l'aperçoivent un soir de tempête en train d'applaudir les nuages, le vent et la pluie pour qu'ils la soupçonnent d'être folle – comme si ses doux délires et sa magie blanche étaient vraiment dangereux. Au Grand Théâtre comme dans le quartier où elle habite, près du fleuve, on l'appelle la « sorcière ». C'est très exagéré, Danièle est assurément moins maléfique que bien d'autres. Quand le sobriquet lui est revenu aux oreilles, il lui a plu et elle se l'est approprié – même si le mot veut aussi dire mégère en breton.

Danièle capte les signes. À la moindre alerte, elle marmonne quelque formule adaptée, fait un signe de croix, touche du bois, etc. Elle ne se plonge jamais dans la vaisselle le soir – les âmes des morts pourraient se noyer dans l'eau de vidange. Elle ne passe pas le balai une fois la nuit tombée – un esprit pourrait traîner dans le couloir. Danièle a plein de liens étroits de ce genre avec le monde invisible, non qu'elle prétende le contrôler, mais, manifestement, elle est en phase avec lui.

Les enfants l'adorent. Elle leur raconte des histoires de monstres, korrigans, trolls et autres créatures de l'autre monde. Personnage clef de ses contes : cette sorcière qu'elle appelle la keben. Elle croit à ses histoires et, alors, quand on l'écoute, ça sonne vrai. Peut-être même qu'elles sont vraies – après tout, qui sait ?

Si l'on faisait la biographie de Danièle, on recenserait d'abord du ménage, des milliers d'heures de ménage. Il y a quarante-six ans qu'elle est entrée au Grand Théâtre de la ville en tant que « femme à tout faire » (on dirait actuellement « technicienne de surface »). C'était en 1974, elle avait dix-huit ans. La subalterne absolue qui semblait destinée toute sa vie au nettoyage et aux courses avait connu sa première chance quand, pour boucher des trous dans l'effectif du Grand Théâtre, le directeur du personnel de l'époque avait ajouté à ses humbles besognes des heures de contrôle des billets les soirs de spectacle (« hôtesse », indiqueraient aujourd'hui nos conventions collectives). La jeune fille n'était en rien préparée à se trouver exposée aux regards de tous dans ce grand hall solennel. En arrivant au Théâtre, les spectateurs allaient tous passer devant elle, et elle se sentirait nue.

Mais Danièle se prit au jeu. L'invisible servante de la journée se persuada qu'en accueillant les spectateurs à l'entrée de la salle de spectacle, elle leur ouvrait grand une porte vers le mystère. Du coup, Danièle n'imagina pas tenir son office du soir sans porter elle aussi une tenue de spectacle. Elle se confectionna un vêtement à parements dorés – à mi-chemin entre un costume de dompteur et un uniforme de garde républicain. C'était magnifique. Elle donna à chaque spectateur les sourires et les mots qu'il fallait. Le député, le maire, les notables, les docteurs, la patronne de l'Hôtel du Parc et les autres « VIP » de la ville en vinrent à la reconnaître. Certains lui serraient même la main. Des abonnés lui claquaient la bise. Les scolaires l'adoraient.

De femme de ménage à femme de théâtre, on pourrait croire qu'il y a un grand pas. Danièle l'a pourtant franchi comme une évidence et elle a aussi bien doté de noblesse les lessives obscures de la journée que les brillantes lumières du soir. Comme si toutes les tâches au théâtre avaient la même importance – ce faisant, Danièle participait sans le savoir aux meilleures théories contre l'aliénation et le corporatisme.

Chaque soir, tout un monde invisible – régisseurs, électros, machinistes, techniciens, membres du personnel de service, hôtes et hôtesses – prend part, efficace et silencieux, au spectacle qui est en train de se dérouler sur la scène. Dans la coulisse, le long des passerelles, au fond des cabines de régie, ils se déplacent sur la pointe des pieds. Danièle s'est sentie de leur nombre, même à l'autre bout du Grand Théâtre, même seule dans le hall. Une fois le contrôle des billets terminé et les spectateurs assis, une fois le noir tombé et la représentation commencée, la préposée à la garde du Théâtre et de tous ôtait ses chaussures et veillait à sa façon à la bonne marche du spectacle.

Au fil de ces soirées passées en spectatrice aveugle et pieds nus dans le hall d'accueil, Danièle parvint à se forger des indicateurs sur la qualité des spectacles. Elle ne voyait rien de la scène, elle écoutait. Et alors, elle qui n'était quasiment jamais allée à l'école en vint à savoir décrypter avec une grande finesse les ondes qui venaient de la salle et de la scène en tournoyant jusqu'à elle. Quand un silence soutenu s'installait, cinq ou six cents spectateurs suspendus sans respirer aux lèvres d'un interprète, Danièle savait que les divinités du théâtre venaient de débarquer sur scène et répandaient leurs spores sacrées. Même de là où elle se trouvait, Danièle en percevait l'incandescence. À la fin du spectacle, après les saluts et les rappels, et alors que les spectateurs se dirigeaient vers la sortie, leurs visages rayonnaient. Il y avait comme de l'amour qui dansait sur les marches du Grand Théâtre et Danièle se sentait bénie rien que d'en être effleurée.

Si, en revanche, elle avait entendu les quintes de toux se multiplier tout au long de la représentation, elle voyait bien qu'il ne s'agissait ni de grippe ni de chahuts collégiens, mais que la lassitude avait gagné les spectateurs. Danièle n'avait pas lu Peter Brook, mais elle n'était pas sorcière pour rien : elle savait que l'ennui est une triste figure du diable. Quand des spectateurs quittaient le Théâtre en râlant, coincés, aigres, déçus, amers, blessés parfois comme après une rupture amoureuse ou un accident de la route, Danièle, ce minuscule rouage du monde du spectacle, avait honte – comme si elle y était pour quelque chose !

Quand le service du personnel municipal a muté Danièle au ménage des loges et à la conciergerie, elle a eu très peur. Ce changement allait l'éloigner du hall et de ses rendez-vous avec l'arrivée du public. Elle se retrouverait à l'arrière du Théâtre, côté entrée des artistes et des fournisseurs. On lui a fait valoir qu'il s'agissait d'une promotion, qu'elle allait monter en grade et du coup en revenus. Mais changer d'échelon pour gagner quelques sous de plus n'était pas le premier souci de Danièle. Concierge ? La tâche ne disait rien à la femme de théâtre qu'elle était devenue. Elle n'accepta vraiment son nouveau poste que lorsqu'elle se rendit compte que la conciergerie et le ménage des loges étaient une occasion d'approcher de plus près la scène. Elle se proposa alors pour aller chercher les artistes à la gare, pour les choyer pendant les répétitions, pour être là pendant les raccords et les représentations, pour s'occuper de la petite restauration, des pots de première, du foyer des artistes, etc. Bref, elle excéda largement sa fiche de poste. Elle avait certes perdu le contact avec les spectateurs, mais elle se retrouvait maintenant en relation directe avec les spectacles.

Ainsi pénétra au cœur du réacteur celle qui avait découvert le métier par la petite porte des employés sans grade ni compétences. Elle le fit comme elle serait entrée en religion. N'allez pas croire que Danièle se prît pour une importante. Sa tâche de concierge était modeste, elle en avait conscience. Mais dans les théâtres il en va comme dans les monastères : même si certaines besognes sont adjacentes à l'exercice du sacré, elles n'en sont pas moins essentielles. Danièle savait cela depuis son enfance, quand tous les soirs, en chemise de nuit avec sa grand-mère, elle se mettait à genoux devant une photo de l'oncle Émile et priait pour qu'il soit leur intercesseur auprès de Dieu. L'oncle Émile était frère lai dans une abbaye cistercienne. Jusqu'à sa mort, le convers avait participé aux offices derrière les moines du chœur. Il ne chantait pas avec eux – sa voix était éraillée et puis, le latin, il n'y connaissait rien. Il faisait partie de la cérémonie à sa modeste place. Eh bien, il allait en être de même désormais pour Danièle. Elle n'allait pas sur la scène – la scénographie, la diction, la musique lui étaient parfaitement étrangères –, mais elle était proche de l'art comme les convers le sont de Dieu.

Dans la nomenclature des emplois du théâtre, l'équivalent de laie ou tourière n'existe pas – les conventions collectives ne sont jamais à la hauteur lorsqu'il s'agit d'art. Heureusement, les théâtres regorgent de moinillons et de nonnes de ce genre dévoués à ce qu'ils font comme à une liturgie. Ce sont des religieux très laïques, pas des culs-bénits, pas des rabat-joie mais des volontaires qui courent aux côtés de l'ivresse et de ses merveilles. Et qui sont toujours là quand les rêves artistiques doutent et même quand ils s'écrasent.

Sans qu'au service du personnel on s'en soit bien rendu compte, Danièle est devenue essentielle au bon fonctionnement de la maison. Ses caterings – le far aux pruneaux, notamment, qu'elle mitonne tard le soir dans sa loge, les fleurs de camélia qu'elle cueille en douce à la saison dans les jardins publics pour les poser sur la table de maquillage des interprètes, les petits mots affectueux qu'elle faufile aux uns et aux autres à la sortie de la représentation même quand rien n'a marché sur scène –, tout dans sa façon d'être là contribue à l'énergie des artistes. On raconte par exemple qu'un soir de pluie torrentielle, Danièle est revenue dégoulinante un cornet à la main après avoir sillonné la ville entière en quête de la glace au café qu'Yvette Horner souhaitait manger avant d'entrer en scène. « Au café – pas à la vanille ni à la fraise, une glace au café comme Yvette voulait ! » Le Grand Théâtre regorge d'anecdotes de ce genre. Un artiste de passage en tournée avait surnommé Danièle la « fée des loges » – mais Danièle n'a pas bien pris ce compliment, le prototype de la fée, dans sa Bretagne natale, n'étant pas issu de Walt Disney mais de la redoutable Morgane.

Une différence notable entre la concierge et la fée de la légende arthurienne : Danièle n'a jamais rien affiché de luxurieux dans son attitude. On ne l'a jamais vue s'habiller sexy ni se maquiller – tout juste un peu de khôl autour de ses yeux qu'elle a déjà très noirs. On ne sait rien de sa vie privée, peut-être parce qu'il n'y a rien de concret à en dire – aucune anecdote fiable, ni côté cœur ni côté sexe, aucun lien sentimental avéré, si ce n'est que, de temps en temps, on se demande au Grand Théâtre ce que Danièle peut bien faire là-haut sur la terrasse quand elle y reste si longtemps avec certains artistes.

Une fois qu'elle eut commencé à officier dans les loges, Danièle fit une découverte : ces artistes que, depuis le hall du Théâtre, elle prenait pour des demi-dieux se révélaient souvent, vus de près, assez ordinaires. Dans leur loge, ils étaient même parfois minables – elle en a trouvé dans des états pas possibles, trac, alcool, vomissements. Ça, les divinités qu'elle imaginait ? Un acteur lui a proposé une interprétation : la véritable nature des artistes ne serait pas d'être des dieux, mais d'être des préposés au contact avec les dieux. Nuance ! Aux artistes de partir à leur recherche pendant les répétitions comme pendant les représentations. Et de faire la navette entre leur univers et le nôtre.

« Et quand vous rencontrez les dieux, vous connaissez l'extase ? » avait espéré Danièle. L'acteur n'avait pas répondu clairement. Il avait juste dit que lorsqu'il se plantait, c'était affreux.

À force d'entendre autour d'elle ces fatras théoriques et autres charabias que trimballent les musiciens, danseurs, comédiens et metteurs en scène – surtout les metteurs en scène –, Danièle en est venue à croire qu'au théâtre, on a toujours affaire, par un bout ou par un autre, avec le divin et que la plupart du temps, ça marque : qu'on loupe les dieux ou qu'on entre en contact avec eux, le moment peut être très douloureux – sauf évidemment pour les artistes médiocres qui, eux, passent à travers toutes les gouttes sans jamais vraiment s'apercevoir de quoi il s'agit.

Entre éblouissements venus de la scène, crises d'angoisse dans les loges et poubelles à vider, Danièle s'est ainsi bricolé une sagesse personnelle : bien avoir les pieds sur terre pour assurer les besoins quotidiens des artistes, garder une bienveillance sans limites à leur égard et cultiver en secret ses propres mythologies.

Danièle était encore femme de ménage au Grand Théâtre et n'avait pas vingt ans lorsqu'elle avait dû monter pour la première fois jusqu'à la terrasse à cause de deux ampoules de service restées allumées là-haut par erreur. La jeune bonne à tout faire s'était retrouvée seule en plein vent par une nuit de forte tempête. C'était effrayant, ces bourrasques. La lune se faufilait dans la cavalcade des nuages et faisait danser les ombres. Danièle s'était crue aux frontières des cieux, de la terre et des enfers. L'expérience avait été bouleversante et la jeune fille n'avait ensuite pu retourner sur la terrasse que prudemment accompagnée. (Il en était d'ailleurs allé de même lorsqu'elle avait eu à descendre dans les plus bas dessous de scène – comme quoi il n'y a pas que les enfants à être inquiets dans les caves et sous les combles.)

Plus tard, à l'effroi avait succédé la curiosité, puis la fascination pour les secrets que ces lieux recelaient. Il y avait plein de choses impressionnantes à voir depuis la terrasse du Grand Théâtre : des cheminées gigantesques, d'immenses toitures, d'énormes statues, des muses aux seins nus, des apollons couronnés, des lyres, des masques de tragédie, des angelots, des chevaux ailés, etc.

Une fois que Danièle fut mieux entrée dans la démesure de ce Théâtre vu depuis la terrasse, elle avait osé braver seule l'inconnu et alors sa théogonie s'était nourrie de la magie du lieu. Il y en a qui croient que les dieux sont au ciel. Danièle avait compris que peu importe la résidence qu'on leur prête, l'essentiel, c'est l'endroit où on peut les rencontrer. Pour elle, ce serait désormais sur cette terrasse du Théâtre, là où ils passent, croit-elle, avant de descendre retrouver les artistes sur la scène et où ils repassent ensuite quand ils en remontent.

À ces confins du Théâtre et du ciel, Danièle avait le sentiment d'être dans les parages des dieux.

Elle a trouvé une preuve de leur passage sur la terrasse : l'odeur. Les dieux peuvent puer certains jours – pardon de le dire aussi crûment. Selon Danièle, la qualité de l'air sur la terrasse après les représentations correspond très exactement à la qualité des émotions qui viennent de traverser le Théâtre. Si l'odeur est enivrante – « bonne » ou « mauvaise » ne seraient pas des qualificatifs adéquats, ces puanteurs étant transcendantes – et si Danièle s'en trouve bouleversée, alors elle sait qu'en bas, sur la scène, ce spectacle qui l'avait émue tout à l'heure quand elle le regardait était effectivement très fort. Des effluves médiocres traînent-ils sur la terrasse ? Danièle n'en est pas surprise puisque l'ennui l'avait gagnée elle-même pendant le spectacle. Quand on fréquente les loges, on sait que les émotions, les éblouissements, la folie des âmes et des corps, ça fait transpirer. Eh bien, c'est pareil selon la théologie de Danièle : les dieux du spectacle transpirent. Quand ils sont en forme, ils empestent. Et quand ils s'ennuient, leurs glandes sudoripares sont en berne. Logique.

Au Moyen Âge, on aurait immanquablement repéré une sorcière en Danièle et elle aurait fini sur un bûcher. Un psychiatre du siècle dernier aurait diagnostiqué une paraphrénie chez elle et on l'aurait internée, à moins qu'on ne l'eût assommée à coups de médicaments. Mais grâce à sa générosité quotidienne, à ses bouquets de fleurs, à ses fars aux pruneaux et à mille autres petits gestes généreux de ce genre, Danièle a pu échapper de nos jours aux juges comme aux docteurs tout en ayant l'extraordinaire talent de servir à quelque chose dans ce Théâtre. Du talent ? Oui ! C'est que, pour passer du hall d'accueil du public à l'entrée des artistes, puis pour vivre dans le couloir des loges comme dans un lieu magique, il en faut, du talent ! Sans parler de la sorte de génie qu'il faut avoir pour tirer de quelques délirantes perceptions olfactives une preuve de l'existence des dieux !

Danièle n'a jamais rien avoué de sa terrasse ni de ses dieux à qui que ce soit dans le personnel permanent du Grand Théâtre – on aurait pu se moquer. Il lui arrive en revanche de raconter ses histoires à des artistes de passage. Si Danièle a une vie privée, c'est là-haut, sur la terrasse. Il lui suffit d'une réflexion captée au vol dans une loge, d'un sourire de qualité, d'un rituel secret surpris pendant le maquillage, d'une façon particulière d'habiter les coulisses avant le spectacle, et Danièle comprend qu'elle va pouvoir partager ses contes avec cet artiste – il s'agit le plus souvent d'un allumé, extrémiste de l'art, radical et marginal. Elle l'invite alors à monter visiter son jardin surnaturel.

Jamais aucun ne refuse. Tous l'écoutent, fascinés, et grappillent en sa compagnie de quoi faire leur propre miel de poètes – sauf que, pour dire vrai, aucun d'entre eux n'a été jusqu'à la croire, côté olfactif. Toutefois ils ne se moquent pas d'elle – se moque-t-on d'un conte ? Ils ne saisissent pas tout de ses inventions, mais tant pis – Danièle sait très bien combien les dieux, c'est compliqué !

2.

Le temps de descendre les sept étages qui séparent la terrasse du rez-de-chaussée, et le vieux se retrouve dans la loge de cette Danièle à la fois naïve et savante, crédule et païenne, magicienne douce et peut-être aussi sorcière, vers qui Camille vient de le diriger. Danièle l'accueille comme si elle le connaissait de toute éternité – elle n'a pourtant passé avec lui que les quinze minutes qui séparaient en voiture la gare du Grand Théâtre lorsqu'il est arrivé. Danièle est ainsi faite : si l'on frappe à sa porte, elle ouvre. En plus, Camille a dit vrai, Danièle a plein de choses à raconter !

Au téléphone, les artistes qu'elle avait prévenus au cours du week-end dernier avaient forcément cherché à en savoir plus sur le suicide de Simon. Mais Danièle ne sait pas partager des émotions à distance (comment s'adresser sérieusement à quelqu'un sans contact direct, sans les yeux ni le souffle ?). Danièle s'était évertuée à donner des détails, autant qu'elle pouvait, mais les informations qu'on donne par téléphone, ce n'est rien. Impossible de faire vivre à distance le vrai Simon, ses fulgurances, ses mystères, son esprit d'enfance, ses angoisses et sa mort. Danièle a besoin de présences vivantes en face d'elle pour que sa propre parole se mette à dire vrai.

Au contraire, dès que le vieux débarque dans sa loge, ça fonctionne, si inconnu soit-il : on est en direct et Danièle part aussitôt pour lui dans ses récits, exactement comme elle le fait avec les enfants de son quartier quand elle leur invente des contes d'Ankou et de korrigans. L'histoire de Simon qu'elle raconte au vieux ne cherche pas à être exacte. En sera-t-elle moins vraie pour autant ? Pas du tout. Danièle ne se sent pas obligée d'être factuelle, objective, distanciée et lucide pour dire la vérité. Elle bricole plutôt des contes, comme sa grand-mère le faisait pour elle et ses cousins. Elle prend son auditoire par la main et alors, miracle, son récit, si improbable soit-il, est évident. À la fin, si l'on a suivi les chemins où la conteuse vous a entraîné, si l'on a renoncé à regarder de haut ses radotages, ses détours et ses exagérations, il arrive aussi qu'on discerne dans son fatras des bribes de ce qu'on avait soi-même besoin d'entendre. Dieu sait justement si le vieux en cherche, des bribes, surtout en ce qui concerne le suicide. Danièle l'a deviné rien qu'en le voyant frapper à la porte de sa loge – c'est l'avantage d'être un peu sorcière. Alors, elle y va, carrément.

3.

« Tout a commencé, raconte-t-elle, par un rêve de la keben. L'Ankou, cet ouvrier de la mort en Bretagne, y traversait la scène du Théâtre en tirant sa charrette. Pas un bruit dans ce rêve – ni pas ni essieux, rien que le silence implacable du messager de l'au-delà. C'était effrayant : la mort allait passer et emporter quelqu'un de proche.

« À son réveil, la keben s'est vivement signée, comme elle le faisait quand elle était petite. Sauf que, sa grand-mère le lui avait enseigné, même quand la mort nous prévient, signe de croix ou pas, elle nous dépasse. Rien ne suffit pour la conjurer. Les prières et les gestes magiques, ça aide juste à vivre avec.

« Lorsque, un peu plus tard, la keben est arrivée au Théâtre ce matin-là de juillet pour y prendre son service, elle a trouvé une Citroën DS noire mal garée devant l'entrée des artistes. Sur la banquette arrière de la voiture, allongé en chien de fusil, il y avait un jeune homme. Elle a tout de suite pressenti qu'il s'agissait du mort que lui avait annoncé son rêve la nuit dernière et s'est signée à nouveau – que faire d'autre si l'on n'a pas le pouvoir d'arrêter la mort ?

« Le jeune homme avait laissé tomber à ses pieds une bouteille d'alcool vide. Sur le tapis de sol de la voiture, il y avait aussi des miettes de biscuits, un paquet de Kleenex, des journaux et des pièces de monnaie. Partout, de la lunette arrière au siège avant, un fouillis de livres, CD, partitions, stylos et cahiers à spirale. Il avait même laissé imprudemment visible sur la banquette avant de la voiture la coque argentée d'un ordinateur. Lecture, écriture, musique : notre keben a compris qu'il s'agissait d'un des artistes attendus pour les répétitions de *La Flûte enchantée*. Était-il mort ? Certainement pas encore, à en croire le rêve de cette nuit.

« Pour sortir le jeune homme de son sommeil, la keben a couru vers la cuisine et lui a préparé un café bien fort. Une fois revenue à la voiture un mazagran à la main, elle a frappé à la portière. L'inconnu a ouvert un œil. Dès qu'il a vu la tasse que la keben tenait à la main, il a baissé la vitre pour s'en emparer. De son autre main, il a extrait une clope de sa poche et l'a allumée. Une taffe fébrile, une gorgée, et encore une taffe, et encore une gorgée, son avidité était saisissante, il avait vraiment besoin de ces drogues pour revenir à la vie. Puis l'homme a levé les yeux et alors changement total de tableau : derrière son look déglingué est apparu un regard aussi lumineux que celui d'un prince. Une lumière aux reflets d'enfance, confiance, fragilité et grâce. Ni la keben ni lui ne se connaissaient encore, ils n'avaient pas encore échangé un mot et pourtant, à cet instant déjà, quelque chose de fort se nouait entre eux deux.

« Le jeune homme a rendu le mazagran en demandant s'il ne pouvait pas avoir encore une dose de ce café. Bien sûr, avait-elle répondu, il n'avait qu'à venir avec elle jusqu'à sa loge. En s'extirpant de la voiture, l'homme avait enfilé la veste noire et fripée qui lui servait d'oreiller tandis que son esprit ensommeillé courait après l'étrange rêve que la keben venait d'interrompre, un rêve où il volait au-dessus d'un Théâtre semblable à celui qu'il avait devant les yeux – la verticale vertigineuse d'un mur aveugle et, à son pied, la froide horizontale d'un quai de déchargement. Dans le rêve, il tombait en piqué. À présent, il se retrouvait devant une concierge de Théâtre boiteuse et aux cheveux aussi noirs que ses yeux.

« La tenue du jeune homme aussi était noire, le bonnet qu'il avait vissé sur sa tête rasée, son pantalon et son tee-shirt. Même ses chaussures et son écharpe étaient noires.

« Tout en marchant à la suite de la keben, il a extrait de la poche intérieure de sa veste une flasque en aluminium et dévissé son bouchon métallique. Au moment de porter la fiole à sa bouche, il s'est ravisé – ça ne se fait pas de boire ainsi au goulot devant des inconnus. Il l'a donc rebouchée et l'a remise dans sa poche, lentement, comme à regret. Une fois assis, le jeune homme a goulûment avalé la seconde tasse de café que la keben lui tendait. Et même une troisième, tandis que sa main droite revenait compulsivement vers la poche intérieure gauche de sa veste, aimantée par l'alcool qui s'y cachait. Il a ensuite demandé où étaient les toilettes. À son retour, il était enfin cool – et tant pis si son haleine empestait malgré l'hypocrite bonbon mentholé qu'il suçotait pour tout masquer. Pas besoin de faire un dessin à la keben, des alcooliques et des camés, quand on travaille dans un théâtre, on en croise (en général, on cherche à se montrer tolérant, quitte à s'aveugler soi-même, même quand on est une keben). »

— En plus, ajoute la conteuse en regardant le vieux avec insistance comme pour excuser à l'avance les aveuglements à venir, Simon n'aura jamais l'air soûl, si imbibé d'alcool soit-il.

« Il leur fallait se présenter. Alors, parce que la photo d'un phare cerné par la tempête décorait un des murs de la pièce, à moins que ce ne soit du fait du fort accent breton de la keben, l'homme a exhibé un vague passeport armoricain hérité d'un grand-père finistérien qu'il aimait beaucoup – comme si les keben avaient besoin d'identité et de consanguinité pour faire confiance ! La keben s'est alors crue obligée de lui signaler en retour ses propres origines bigoudènes : vie à la ferme, grand-mère avec coiffe, langue bretonne que ses parents s'étaient bien gardés de lui transmettre, etc. Au bout du compte, entre enfance et terroir, ces présentations mutuelles avaient été tout à fait aimables mais assez convenues – ni l'un ni l'autre n'étaient doués pour les civilités. Alors, pour en finir avec ces banalités gentillettes, le garçon s'est brusquement levé et a bizarrement déclaré :

« — En fait, je suis l'ex-futur !

« L'ex-futur ? L'ex-futur quoi ? Impossible de comprendre ! Après, seulement après cette énigmatique présentation, l'ex-futur a donné son prénom :

« — Simon.

« Il s'est rassis comme surpris lui-même par ce qu'il venait de lâcher. Il a ajouté qu'il venait au Grand Théâtre pour tenir un tout petit rôle parlé dans cette *Flûte enchantée* dont les répétitions allaient commencer demain. Il s'est aussi excusé d'avoir téléphoné la veille pour annoncer son arrivée par le train et puis d'avoir changé d'avis au dernier moment en préférant venir avec sa voiture – tant pis pour le billet que lui avait payé la production. Sans sa DS, a-t-il expliqué, il aurait eu peur d'être coincé. La voiture, c'était pour pouvoir s'enfuir et rouler tout seul des nuits durant avec la musique à fond.

« Pour que les présentations soient complètes, Simon a sorti la flasque d'alcool de sa veste et l'a montrée à la keben, comme un aveu – "Oui, je suis comme ça, personne n'est parfait, n'est-ce pas ?" semblait-il dire. Et hop, Simon d'avaler une gorgée en neutralisant d'avance tout reproche.

« La keben lui a fait ensuite découvrir le Théâtre en entier, depuis l'entrée du public jusqu'à la scène. Leur visite a commencé par le grand hall, là où le spectacle prélude. Ils ont ensuite emprunté les escaliers recouverts d'un tapis rouge, puis les coursives, dont le plancher est régulièrement ciré, pour aller jusqu'au foyer avec ses lustres de cristal. Après les espaces ouverts au public, elle l'a entraîné vers la face invisible du Théâtre : les dessous de scène, les ateliers techniques, les régies, les loges, le foyer des artistes, ces territoires auxquels on ne peut accéder sans être du métier.

« À chaque étape, la guide de Simon avait une anecdote à raconter – ce placard où s'était planqué une fois un couple de jeunes pour faire l'amour, ce couloir que les architectes n'avaient pas su concevoir assez large et qui est malcommode comme tout, ces bureaux administratifs qui sont éloignés de tout le monde dans le Théâtre – encore que, avait ricané la keben, la direction ne soit pas souvent présente –, cette régie désaffectée où certains machinos se cachent le temps de faire une sieste, jusqu'à cette machine à laver les costumes de scène dont certains salariés dans le Théâtre abusent pour leurs propres lessives personnelles.

« Au total, cette première partie de la visite a été longue, une bonne demi-heure – "C'est que, vous comprenez, avant d'oser aller sur la scène, il faut prendre beaucoup d'élan !"

« Simon a suivi la keben, sans jamais poser de questions ni émettre de commentaires. Sa démarche était souple et silencieuse – il portait des mocassins à semelles en crêpe, un détail frappant. De temps en temps, il s'arrêtait, les yeux mi-clos, tel un animal aux oreilles frémissantes et aux aguets. Incontestablement, un homme de théâtre.

« À l'entrée de scène, la keben s'est dirigée vers la régie pour allumer les services, mais Simon, l'énigmatique ex-futur, l'a interrompue d'un geste : non, non, surtout ne pas troubler la pénombre, on n'a pas forcément besoin, au théâtre, de quitter la nuit pour y voir quelque chose. Comment ne pas l'approuver ? La keben est donc allée s'adosser au manteau de scène côté cour – après s'être signée comme elle fait toujours quand elle pénètre au cœur du Théâtre – et Simon s'est avancé seul sur le plateau, en se baissant au passage pour en toucher les planches du doigt, comme le font les footballeurs avec la pelouse avant le coup d'envoi d'un match. Il s'est arrêté au centre, là où veille ce nombril secret des Théâtres qu'est l'ampoule blanche et nue de la servante. Cette petite lumière blafarde accentuait le côté anguleux du visage de Simon – il ne s'était pas rasé depuis la veille au matin et l'ombre de sa barbe perçait, dure et bleue sous sa peau blanche d'homme du nord.

« Simon a salué la servante comme on saluerait une véritable personne. Rien de maniéré dans son geste, rien de symbolique, mais un réel respect devant cet être à part. Il a pivoté sur lui-même ensuite, lentement, très lentement, tel un torero qui balaie d'un geste circulaire les gradins de l'arène, vertical, les mains dressées à hauteur du visage, le cœur à cent à l'heure, et il a lancé : "À cette scène et à ce Théâtre qui m'accueillent, au plateau, aux trappes, aux perches, aux projecteurs, aux cintres, aux pendrillons, à la régie, aux murs du Théâtre, merci !"

« Il est ensuite allé vers la rampe et s'est planté devant le trou noir des gradins, immobile, et il a salué droit dans les yeux les milliers de spectateurs dont les fantômes peuplent en permanence les Théâtres. »

— Et alors, assure la conteuse au vieux, les fantômes du Théâtre – tous, instrumentistes, chanteurs, acteurs, régisseurs autant que machinos, électros et spectateurs, absolument tous – lui ont répondu en lui souhaitant la bienvenue. C'est que, insiste-t-elle, dans un Théâtre, on commence par accueillir.

« Le jeune comédien s'est retourné avec son évidente élégance vers la servante et l'a enlacée. Comment dire autrement ? Il a soulevé haut le pied sur lequel elle est juchée, il l'a prise dans ses bras comme il aurait invité une femme à danser et le voilà en train de tourner à trois temps avec elle sur la scène – c'était une valse. À intervalles réguliers, Simon effleurait le plancher avec le socle de sa cavalière veilleuse – un bref appui, un rebond et hop ! leur valse s'envolait à nouveau. Sa danse, il la scandait à voix haute : "Un, deux, trois, un, deux, trois…", mais avec les mots de Papageno, en allemand, comme à la fin de *La Flûte enchantée*, quand l'oiseleur tergiverse devant le suicide : "*Ein, zwei, drei…*" La keben ne connaissait rien à tout ça, ni l'allemand ni les paroles que prononce Papageno dans l'opéra de Mozart, mais ce rythme était effrayant, à la mesure du destin vers lequel courait Simon.

« Le tempo de la danse s'est accéléré et le spectacle de ces deux silhouettes tournoyantes est devenu cinglé. À la fin, Simon ne criait plus que les premiers temps de sa valse dingue : *Ein !… Ein !… Ein !…* tandis que l'ampoule nue de la servante traçait des cercles hallucinés à travers la pénombre de la scène. C'est à ce moment-là, en plein dans ce délire, que la keben a vu, tapie entre deux pendrillons, l'ombre de l'Ankou, celle-là même qui avait traversé son cauchemar la nuit d'avant. Quand Simon a reposé la servante sur le plancher de scène en s'inclinant devant elle comme s'il baisait la main d'une grande dame, l'Ankou a disparu. La keben s'est signée – inutilement, elle le savait, mais ça n'empêchait pas. »

En conteuse chevronnée, Danièle prend le vieux à témoin :

— La keben avait vu l'Ankou, de ses propres yeux vu, et c'était plus grave qu'en rêve : l'annonciateur de la mort était donc entrée dans le Théâtre et rôdait autour de Simon.

« La dernière étape de la visite du Théâtre a conduit la keben et Simon six étages au-dessus du grand plateau, dans la salle de répétition où devait s'entreprendre le lendemain la mise en scène de *La Flûte enchantée*. À peine entré, Simon s'est dirigé vers le quart-de-queue Yamaha qui s'y trouve, attiré comme par un aimant. Il a plaqué un accord et eu un grand sourire : l'instrument sonnait bien. Il a esquissé une rythmique mais, sans doute parce que ce n'était pas l'heure pour une impro de jazz, il s'est interrompu, il a refermé le couvercle du piano et a demandé à la keben où menait la porte, là-bas, au fond de la salle de répétition. »

— Vous vous rendez compte ? Simon avait repéré la terrasse secrète de la keben avant même qu'elle lui en parle ! Ça aussi, c'était un signe.

« Dès leur arrivée là-haut, sans regarder le paysage immense qui s'offrait à lui, Simon a demandé à la keben où se trouvait le nord. "De ce côté, je crois", avait-elle répondu en montrant du doigt la boucle du fleuve où se traînaient des chalands. Il a insisté :

« — Et le nord-ouest alors, c'est à gauche ?

« — Là ? C'est l'ancienne zone industrielle.

« Cette keben n'avait pas vraiment le sens de l'orientation et montrait à tout hasard les cheminées de l'ancienne chocolaterie – sa grand-mère avait été ouvrière dans cette usine à l'époque où, les jours de grand vent, les odeurs qui sortaient de ses ateliers faisaient saliver petits et grands en ville. »

— À présent, l'usine est fermée et tout ça s'est perdu.

« Le nord-ouest était une des manies de Simon. Il éprouvait souvent le besoin de vérifier sa boussole intérieure – partout, dans les coulisses d'un Théâtre comme dans les couloirs du métro. Cette manie lui venait de la bibliothèque de son grand-père et des dizaines de récits d'expéditions polaires en quête du passage du Nord-Ouest qu'il y avait lus, même si ces explorations finissaient immanquablement par se fracasser sur la banquise. Ces déserts glacés faisaient rêver le petit garçon qu'il était – ours blancs, aurores boréales, froid, famines, scorbut et, toujours à la fin, la mort. Maintenant, le dérèglement climatique est en train de tout bouleverser, on ne s'égare plus sur la banquise, elle disparaît plutôt mais tant pis, Simon se cramponnait encore à ses souvenirs de lecture et le nord-ouest était devenu un de ses grigris. »

— Vous vous rendez compte ? Simon connaissait à peine cette femme et, pourtant, il lui avouait tout de go, sans honte, cette manie qui le conduisait chaque soir à lancer un salut superstitieux vers le nord-ouest ! Et en plus, la keben ne trouvait rien d'anormal à ce délire, au contraire, puisque sa grand-mère avait travaillé là-bas, au nord-ouest, dans cette chocolaterie !

« Ce premier jour-là sur la terrasse et sans peur du ridicule, Simon a commencé par sauter comme un gamin de case en case le long d'une marelle que la keben avait tracée pour elle-même à cet endroit – car cette keben, si âgée et boiteuse qu'elle fût, n'en était pas moins joueuse et gamine à l'occasion. Les pieds de Simon n'étaient pas entraînés à ce jeu et ils ont vite mordu les marges de la marelle. La keben, elle, a survolé le parcours entier sans faute du premier coup. Simon a exigé sa revanche. Au quatrième essai, il est arrivé au bout sans mordre. Comme tant de garçons, il ne connaissait pas le nom de la dernière case – le ciel –, mais à cette nouvelle il a exulté, il prenait ça pour un bon signe !

« Il s'est ensuite dirigé vers le parapet qui borde la terrasse. Sa tête et son buste se sont penchés à l'extrême et la keben a spontanément crié :

« — Attention !

« Comme si elle pouvait retarder le destin !

« Le corps encore à moitié penché, le jeune homme s'est alors retourné vers elle avec un clin d'œil comme s'il lui disait : "Ne t'inquiète pas, ce n'est pas pour aujourd'hui !" Puis il s'est redressé pour sortir la flasque de sa veste, et hop ! il a avalé une grande gorgée de tequila. Un coup de vent venu du nord-ouest a balayé la terrasse à cet instant et a effacé la scène comme si elle n'avait jamais eu lieu. »

Danièle au vieux :

— Après cette bourrasque, la keben s'est signée – c'est une manie chez elle. Elle avait compris que c'était l'Ankou qui…

Danièle ne finit pas sa phrase, elle utilise parfois ce genre de ficelles et d'allitérations pour ses histoires.

« Le lendemain, à l'issue de la première répétition, la keben et Simon se sont retrouvés sur la terrasse. Ils n'avaient pas eu besoin de prendre rendez-vous – se retrouver là était déjà une évidence pour eux deux. La keben a raconté "sa" terrasse intime à Simon. Ses terreurs au début et plus tard les odeurs surnaturelles qu'elle avait découvertes là. Simon a été plus qu'attentif en l'écoutant : respectueux. "Tu entends vraiment des voix ?" aurait-il demandé à Jeanne d'Arc en se reprochant de ne pas les entendre lui aussi. Le nez à l'affût des dieux de la keben, Simon a sillonné la terrasse dans tous les sens ce soir-là – il recommencerait souvent au cours des deux semaines suivantes : autant il se proclamait agnostique dans le civil, autant il était prêt à croire en n'importe quoi dès qu'il était dans un Théâtre. Simon n'a rien reniflé sur la terrasse, mais, au lieu de penser que cette keben délirait, il s'est inquiété de sa propre anosmie.

« La keben a tenté de le rassurer : si les répétitions à l'étage en dessous étaient intéressantes, les dieux seraient immanquablement attirés et il retrouverait des traces olfactives de leur passage sur la terrasse. Simon l'a interrompue : il interdisait que l'on parle ici de ces répétitions. De l'opéra de Mozart, d'accord, mais pas des répétitions en cours ! Et pour qu'elle ne s'appesantisse pas plus longtemps là-dessus, il a fait bifurquer la conversation vers des questions métaphysiques en devinant que la keben se laisserait prendre au piège – les sorcières s'intéressent forcément de près aux dieux, aux démons et autres êtres surnaturels. Simon a formulé une hypothèse : les dieux du théâtre ne précèdent en rien l'existence dudit théâtre. Ce serait aux artistes de faire exister les dieux ! À eux de les créer, rien que ça ! Si les dieux puent sur la terrasse, ce serait donc après que les artistes les ont inventés en bas sur la scène. “Inventés comme on invente un trésor”, avait-il insisté. À l’évidence, la keben ne comprenait pas bien cette histoire d’invention et de trésor, alors, pour faire court, Simon s’est penché vers elle pour l’embrasser en disant que, de toute façon, ces odeurs divines qu’elle sentait, c’étaient ça les vrais trésors. »

Danièle la conteuse rougit devant le vieux à cet instant de son récit :

— Qu’il n’y ait pas d’ambiguïté : sur le front, Simon a embrassé la keben sur le front…

« Lorsque Simon devait parler de lui-même, il coinçait. Jouer du piano, danser sur scène avec la servante, faire des marelles et même avouer un TOC tout en racontant la légende du passage du Nord-Ouest, ça, il y arrivait. La spéculation philosophique aussi. Les inventions dramaturgiques et les grandes théories, il savait faire ! Mais le reste, pas du tout. Pudeur de mec ? Peut-être. Lorsque la keben lui a demandé pourquoi il s’était présenté comme l’“ex-futur”, lui si brillant d’habitude, tellement à l’aise pour rire ou pour théoriser, il s’est mis à bafouiller comme quoi l’ex-futur, c’était l’ex-futur assistant de la metteuse en scène, rien que ça. Il avait travaillé avec elle le livret et la partition de *La Flûte enchantée* – des jours et des nuits de travail ensemble –, mais leur collaboration s’était enlisée et, à la fin, elle n’avait plus voulu de lui comme assistant. Arrivé à ce point de son histoire, Simon bredouillait, et la keben a deviné que, surtout, il ne voulait pas qu’elle le prenne pour une autre forme d’“ex”.

« Simon est revenu sur ce sujet le lendemain soir, comme s'il lui fallait se justifier encore. Il a insisté sur ses divergences avec la metteuse en scène. Lui, il souhaitait qu'on joue *La Flûte enchantée* en français – l'opéra en entier, les dialogues comme les airs – et non dans l'allemand du livret original. Il voulait changer l'ordre des scènes. Il proposait même de couper des rôles – l'idée de tripatouiller l'œuvre du génial Mozart ne le troublait pas le moins du monde. Mais la metteuse en scène n'avait rien voulu entendre à cela.

« — Et alors, vous vous êtes fâchés ? avait demandé la keben.

« Comme Simon ne répondait pas, elle avait insisté :

« — Mais pourquoi as-tu quand même accepté de venir au Grand Théâtre et d'y jouer désormais un tout petit rôle de comédien ?

« Une question pas très indiscrète au fond – Simon et la keben s'étaient déjà fait des confidences autrement plus intimes. Il n'empêche : la réaction de Simon a été spectaculaire : il a fui à l'autre bout de la terrasse pour s'y recroqueviller en se laissant glisser le long du parapet de pierre jusqu'à se retrouver assis par terre, dorénavant accroché, muet, à ses clopes et à "son" tequila. Un long moment plus tard, il a murmuré : "Les mots me manquent. J'aurais dû faire de la musique."

« Chaque fois par la suite qu'allait surgir la metteuse en scène dans leurs conversations, Simon se retrouverait bloqué de la même façon, buté comme un ado incapable de lâcher un mot. Et elle ne pourrait alors, en attendant qu'il leur soit possible de passer à autre chose, que s'asseoir près de lui – pas trop loin, pas trop près, dans ces moments-là, les mots sont fragiles et trouver la bonne distance fait souvent mieux que les remplacer.

« Pendant ce premier rendez-vous sur la terrasse avec la keben, Simon a consacré un long moment à écrire dans le cahier noir qu'il trimballait toujours. Il allait recommencer chaque soir des deux semaines à venir, et ces moments de silence entre eux deviendraient des moments précieux. Elle n'aurait alors troublé l'écrivain pour rien au monde, pas même pour s'inquiéter de l'équilibre instable où il se mettait pour rédiger – à cheval sur le parapet, un pied du côté du sol bitumé qui recouvre la terrasse et l'autre ballant imprudemment dans le vide. À l'instabilité de sa posture répondait l'application de sa graphie. La keben s'est raconté que le stylo de Simon rassemblait sur le papier les mots qui ne parvenaient pas à jaillir de sa bouche – comme si l'écriture pouvait dire les mêmes choses que la parole.

« N'allez pas croire que Simon n'était qu'un homme étrange. Il était aussi capable de moments de grande gaieté. Quand ils jouaient par exemple – il adorait jouer ! Certains soirs, on aurait pu croire que la keben et Simon se rejoignaient sur la terrasse en fin de journée comme, après l'école, deux enfants se retrouveraient dans une cabane au fond du jardin. Ils avaient cette innocence pour point commun. L'un des deux proposait un jeu – marelle, chat perché, un, deux, trois, soleil, voire plus enfantin encore, genre cow-boys et Indiens, explorateurs et sauvages, etc. –, et alors l'autre s'y jetait aussitôt à corps perdu pour des découvertes infinies.

« Ça les a pris la première fois où la keben en a eu marre d'une des longues dissertations de Simon sur

La Flûte enchantée. Elle l'a interrompu d'une tape sur l'épaule en criant "Chat !" sans hésiter à faire pareil coq-à-l'âne impertinent. Elle s'est éloignée et Simon a aussitôt lâché ses ratiocinations pour bondir et attraper la keben. Quand, à son tour, elle a tenté de rattraper Simon, celui-ci s'est perché sur le cahier noir à spirale qu'il venait de jeter par terre. "C'est de la triche !" s'est écriée la keben. "Pas du tout ! a répliqué Simon. Les règles sur la terrasse ne précèdent pas plus nos jeux que l'essence des dieux ne précède leur existence." Irréfutable !

« Quand Simon se retrouvait souris, la plupart du temps il courait se percher sur le parapet de la terrasse, celui-là même d'où il devait basculer plus tard. À tous les coups, la keben criait "Arrête ! Arrête !", mais c'était comme si cette frayeur faisait partie de leur jeu et ils en riaient aux éclats. Les flirts de Simon avec le vide n'étaient évidemment pas que du jeu, mais comme le rôle de la keben dans cette histoire n'était pas de se mettre en travers de la fatalité, elle continuait à crier comme une petite fille crie d'effroi et d'émerveillement devant les forfanteries des garçons.

« Un soir où la keben est arrivée là-haut plus tard que d'habitude, elle a trouvé Simon quasiment allongé sur l'étroit parapet de pierre qui borde la terrasse. Il était en train de lancer des gravillons dans le vide et l'a appelée, tel un gamin qui exige l'attention d'un adulte. Bonne pâte, la keben s'est penchée à son tour, mais il n'y avait pas grand-chose à voir : les projectiles de Simon étaient si petits ! Alors, Simon a remplacé ses cailloux par de gros glaviots. Dégoût de la keben. En voyant la tête qu'elle faisait, le jeune homme s'est excusé. Il a avoué qu'enfant, il s'amusait souvent à cracher par la fenêtre de sa chambre. "C'était pour compter les secondes que mettraient mes projectiles avant de s'écraser au pied de l'immeuble." Pour ne pas avoir l'air bégueule ou parano, la keben a craché à son tour dans le vide. Mais elle s'est bavé sur le menton. Ce soir-là, Simon lui a posé la question autour de laquelle il tournait : "Combien de temps crois-tu que durerait la chute d'un homme s'il se jetait d'ici ?"

« Même quand Simon jouait, l'Ankou rôdait autour de lui.

« Un autre jeu auquel Simon et la keben ont bien aimé se livrer : celui du miroir. Simon l'avait découvert dans une école de théâtre. Elle, elle le connaissait grâce aux clowns que sa grand-mère l'avait emmenée voir au cirque quand elle était petite : face à face, les deux Augustes étaient formidablement synchronisés de part et d'autre du cadre sans glace qu'ils avaient posé sur la piste. "Eh bien, dans mon jeu, on doit faire pareil qu'eux, les mêmes gestes en même temps, comme si nous nous regardions dans un miroir !" a dit Simon en se plaçant face à elle, les yeux dans les yeux. La keben a demandé : "Mais qui va commander ?" Justement, c'était ça le jeu : que personne ne commande ! "Insensé !" a-t-elle pensé, mais elle n'a pas renoncé à jouer pour autant. C'est donc parti, le bras droit de Simon est monté lentement vers le ciel et, en miroir appliqué, la keben a symétriquement levé son bras gauche – au début, Simon était clairement leader. Il a incliné la tête vers la gauche et la keben a penché de même la sienne vers la droite. L'autre bras est entré dans le jeu, puis leurs bouches se sont faites grimaces, les nez se sont froncés, les langues se sont tirées (sans fou rire, par miracle), les doigts se sont envoyé des signes – de petits mouvements, l'index, le majeur, puis des signaux plus grands, puis les dix doigts à la fois –, les sourcils se sont levés, le front plissé… Simon a même fait bouger ses oreilles – la keben n'y est pas arrivée mais ils ont fait comme si, et le jeu a pu continuer. À la fin, leur tempo était si partagé qu'aucun des deux ne savait plus vraiment qui contrôlait. C'était enivrant.

« Quand la keben était petite, chacun des deux clowns du cirque s'était à la fin emparé d'un seau d'eau pour laver la glace fictive dans laquelle il se mirait. Le sketch se terminait à grands coups de flotte balancée à la gueule de l'autre et les spectateurs hurlaient de rire sous le chapiteau. Sur la terrasse, pas de gag, pas de seau d'eau, pas de clowns trempés, mais quel pied quand même ! Simon et la keben ont adoré "faire des miroirs" comme ils disaient, entre tentation de l'impossible, intimité inouïe et légèreté.

« Quelques jours plus tard, Simon n'a pas pu s'empêcher de proposer une variante plus dramatique du même jeu et alors tout s'est compliqué. La keben ne devrait plus maintenant l'imiter, mais deviner l'histoire qu'il allait raconter dans leur miroir, le défi étant qu'ils ne s'aideraient l'un et l'autre que des yeux et de la respiration. Simon mènerait le jeu et elle devrait le suivre en écho. Si elle y arrivait, elle devinerait tout. La keben s'est écriée que ce genre de transmission de pensée était impossible. Mais Simon a insisté : ça pouvait marcher, il avait déjà expérimenté ce jeu au cours d'un stage voici quelque temps. La keben a flairé un danger : ce ne serait pas en réalité un exercice de théâtre que

Simon lui proposait de faire ? Elle lui a rappelé qu'elle n'était pas comédienne et que ces trucs de professionnel n'étaient pas de son niveau ! Pas de problème, a rétorqué Simon, c'est d'abord un jeu, et il a si bien insisté, il a été si enjôleur, que la keben a fini par céder et se laisser embarquer pour ce voyage sans paroles qu'il la pressait de faire avec lui.

« Loin d'avoir la sensation d'être perdue comme elle le craignait, la keben a commencé par vivre ce soir-là un moment magique. L'air que ses yeux respiraient dans ceux de Simon était pur. Théâtre ou jeu, peu importait finalement tant elle se sentait bien dans son regard. Elle était légère comme une amoureuse en vacances. Elle était libre comme elle ne l'avait jamais été ! Délicieuse fusion.

« Mais brusquement, tout a volé en éclats. La mort a surgi dans les yeux de Simon telle la surprise absolue d'un trente-huit tonnes qui vous percute de front à la sortie d'un virage. Fin de tout ! Simon a eu soudain le regard vide de la mort, et la keben du coup aussi, en miroir. Ses pupilles se sont figées et se sont retrouvées tels les yeux de sa grand-mère le jour de son infarctus, un regard dur et fixe qui ne voit plus rien. La keben a fait un bond en arrière, vite tout casser de cette impro, de ce miroir, de cette fusion, et surtout de cette mort. Non que la keben ait peur de la mort – après tout, elle n'est pas sorcière pour rien, côté ténèbres et enfers elle en connaît un rayon –, mais justement, elle en sait assez pour avoir la certitude qu'on ne joue pas avec ça.

« La keben et Simon n'ont pas traîné plus longtemps sur la terrasse ce soir-là tant le malaise entre eux était devenu grand. En passant par la salle de répétition,

Simon a eu besoin de faire une étape pour jouer un moment du piano – quand il était trop mal, la musique était son remède. Contrairement à ses habitudes, la keben ne s'est pas assise dans un coin pour l'écouter. Elle est remontée sur la terrasse. Il lui fallait absolument vérifier qu'elle ne s'était pas trompée tout à l'heure et qu'elle avait bien senti des odeurs surnaturelles flotter autour d'eux tandis qu'ils se livraient à leur dangereux jeu du miroir. Et en effet, ça sentait fort, les dieux étaient bien passés pendant cet effrayant moment où la mort avait fait irruption dans les yeux de Simon. La keben a compris alors que ces dieux du théâtre qu'elle fréquentait sur la terrasse étaient, chez Simon, des démons.

« Du local de rangement qui ouvre sur la terrasse, ils avaient fait leur armoire à provisions. Entre extincteurs et balais, ils engrangeaient des victuailles : fruits secs, biscuits salés et sucrés, bouteilles de sirop d'orgeat, eau minérale et Coca Light – Simon ne s'abreuvait pas que de tequila : un soir, il est aussi venu avec deux bouteilles de mezcal à la main en prétendant que mezcal et mescaline viennent des mêmes rituels chamaniques en Amérique centrale. La keben a suggéré alors de réserver ce breuvage pour une grande occasion.

« La keben arrivait souvent avec les crêpes et les parts du far aux pruneaux qu'elle avait préparés dans la journée. Entre deux jeux ou deux conversations, ils "cambusaient" assis sur des coussins qu'elle avait trouvés dans les loges du rez-de-chaussée – ils "cambusaient" comme d'autres diraient festoyer. Simon déployait à même le sol bitumé de la terrasse une nappe blanche choisie tout exprès par la keben et posait dessus deux belles assiettes en porcelaine, des couverts argentés et deux grands verres à pied qu'elle avait piqués dans le local à accessoires de scène.

« Simon préparait un sirop d'orgeat pour la keben – c'était sa boisson préférée –, sortait sa flasque de tequila, en versait une rasade dans un verre – lors de ces moments de gala, il s'interdisait de boire au goulot –, et ensuite, debout, tourné vers le nord-ouest, il prononçait un toast à la gloire du soleil, à cette terrasse qui les accueillait, aux dieux du théâtre et à ses démons, amen. Il terminait sa petite cérémonie en se penchant par-dessus la rambarde pour verser quelques gouttes de "son" tequila dans le vide. "C'est une libation, disait-il, comme on en fait pour les morts et pour les dieux."

« Mieux qu'un bénédicité.

« Quand Simon et la keben cambusaient, des oiseaux de mer venaient se poser sur le toit du Théâtre pour quémander à grand bruit. Simon détestait leur présence mendiante et il tentait de les chasser avec de grands gestes. C'était en vain, ils revenaient toujours. Simon les avait affublés d'un surnom : Médef. Quand l'un d'entre eux pleurait trop fort, le comédien l'invectivait : "Ta gueule, Médef !" Insulter le patronat, c'était apparemment un soulagement pour l'indécrottable anar qu'il était. "Casse-toi, Médef ! Casse-toi, parasite !" Les volatiles reculaient de trois petits sauts, mais ils se remettaient à gueuler et à se moquer de ce type qui n'arriverait jamais à chasser les nuisibles et encore moins ses propres fantômes.

« Au cours de chacun de leurs rendez-vous, Simon est revenu sur cette *Flûte enchantée* qui l'avait conduit au

Grand Théâtre. Pas sur celle qu'on répétait à l'étage en dessous – il ne disait toujours pas un mot à ce sujet –, mais sur sa propre vision de la *Flûte*. Il suffisait d'un rien – une association d'idées, une image, un geste – et il se mettait à gloser sur l'opéra de Mozart. La singulière *Flûte* de Simon ne se souciait à vrai dire que de deux choses : la lutte contre la tyrannie misogyne de Sarastro et les tentatives de suicide de Pamina puis de Papageno.

« À suivre le spectacle imaginaire de Simon, il y aurait donc avant tout dans cet opéra une mère – la Reine de la Nuit que Sarastro a spoliée de ses droits ; une fille – Pamina – enlevée par ce même Sarastro ; et une jeune fille, Papagena, la seule des trois femmes destinée à échapper au tyran. Si le Royaume de la Nuit – celui des femmes – n'arrivait pas à être le monde sensuel et heureux qu'il pourrait être, c'était par la faute des hommes – Sarastro en tête. *La Flûte enchantée* selon Simon était un combat des femmes contre une secte de mecs. Dans cette version tripatouillée, si Sarastro gagne à la fin, ce ne serait que pour montrer combien la victoire des tyrans est une hypothèse hélas plausible.

« Simon prétendait du coup que Pamina n'avait aucune raison de renoncer au suicide et qu'il serait tout à fait logique qu'après les trois minutes de douleur blessée de son solo chanté, elle se balance purement et simplement. Simon disait de même pour Papageno qu'il devrait aller au bout de son célèbre décompte "*Eins ! Zwei ! Drei !*" et se pendre. "S'il était ici, ajoutait Simon en montrant le bord de la terrasse, il sauterait par-dessus le parapet pour s'écraser au pied du Théâtre. C'est la seule chose à faire quand menacent de gagner des dictateurs comme Sarastro."

« Simon était un pessimiste. Il ne croyait pas que la moindre *Flûte* puisse jamais être enchantée. Il ne croyait pas à la grâce des Trois Garçons, ni aux vertus magiques du glockenspiel, encore moins évidemment à la Raison ou à la Sagesse. Au bout du compte, sa *Flûte* ne comportait aucune trace en elle de l'optimisme et de l'humanisme que tout le monde y trouve d'habitude. Simon vomissait l'idée d'un théâtre consolateur.

« La keben n'a pas fait d'école de théâtre, ni de rien d'autre d'ailleurs. Elle était prête à adhérer à n'importe quel échafaudage dramaturgique pourvu qu'à la fin, le spectacle soit fort. Elle ne s'est donc jamais révoltée devant les inventions de Simon, si noires et peu orthodoxes soient-elles. Quelle importance, après tout, si son spectacle ne devait pas ressembler aux célébrations humanistes habituelles de *La Flûte enchantée* ? Quelle importance si le Sarastro de Simon ne ressemblait pas aux basses nobles et sages qu'on entend sur les scènes lyriques ? Peu importait à la keben que ce Grand Prêtre soit pétri de haines misogynes – quand on est bon public comme elle, on ne s'inquiète pas plus de fidélité aux origines qu'on ne se sent propriétaire du répertoire.

« En plus, côté spectacle, Simon gâtait la keben. Souvent, sur leur terrasse, il se lançait dans une impro autour d'un personnage ou d'une situation de la *Flûte*. Par exemple, debout derrière le parapet de la terrasse, dos tourné à la keben, il s'est un soir mis à haranguer les fidèles de Sarastro comme s'ils étaient vraiment massés au pied du Théâtre pour un grand meeting : “Les femmes parlent, éructait-il, mais ne les croyez jamais ! Elles sont perfides ! Elles perdent toute limite sans hommes à leur côté ! Notre sagesse, c'est notre force, pas leurs verbiages ! Cette force doit triompher d'elles !" Et Simon de lever les bras vers le ciel tel un pape déchaîné *urbi et orbi* au balcon de Saint-Pierre : "À bas le Royaume de la Nuit !"

« Rien qu'à regarder et à écouter ce fanatique, la keben a presque entendu ce soir-là une foule de croyants reprendre en transe ses slogans haineux : "Nous vaincrons ! Nous vaincrons ! Nous vaincrons !" Ensuite, l'évangéliste imprécateur a fait demi-tour vers la keben pour lui dire très sérieusement : "Ne t'y trompe pas, je citais quasi textuellement le livret de *La Flûte enchantée* ! C'est Sarastro qui dit ces conneries, pas moi." La misogynie de Sarastro obsédait réellement Simon.

« Fidélité au texte ou pas, la keben s'en fichait. En revanche, l'esprit de sérieux de Simon était parfois si dur à vivre que la keben ne saisissait pas bien quel rôle tenir auprès de cet homme qui était capable contradictoirement de tant de gaieté quand il jouait comme un enfant et de tant d'idées noires et têtues quand il parlait du théâtre et de la vie.

« Depuis plus d'une semaine que les répétitions avaient commencé à l'étage inférieur, personne parmi les chanteurs n'avait deviné ce qui se passait le soir au sommet du Grand Théâtre jusqu'à ce que deux des ténors de la distribution – Monostatos et le Premier homme d'armes – lèvent par hasard la tête en passant devant le théâtre et aperçoivent la keben et Simon en grande conversation accoudés au parapet de la terrasse. Une petite rumeur s'est mise à courir dès le lendemain dans l'équipe artistique : "Vous saviez que Simon et la keben… ?" L'étrange attelage de la vieille boiteuse avec le jeune comédien fut commenté – normal – et puis le potin se dilua un peu, mais deux jours plus tard, quand est venue à la metteuse en scène l'idée d'organiser une fête pour mettre un peu d'huile dans les rouages de son équipe, elle a demandé la permission à la keben de la réaliser sur "sa" terrasse, comme si le sommet du Théâtre était un lieu privé. La keben a entendu le lapsus mais elle ne l'a pas relevé – que Camille et les artistes croient ce qu'ils veulent, après tout. En revanche, elle a chaleureusement approuvé l'idée de Camille.

« En un temps record, les deux femmes ont transformé le sommet du Grand Théâtre en guinguette. Elles ont emprunté un tapis dans le bureau du directeur (elles profitaient de ce qu'il était une fois de plus parti en mission), elles ont trouvé des coussins et des matelas dans les loges du rez-de-chaussée, fait main basse sur les carafes, verres et couverts au foyer, pris dans l'arrière-coulisse des prolongateurs, quelques projos sur pied et même des guirlandes électriques venues du Café Momus, passé en tournée l'an dernier au Grand Théâtre avec une *Bohème*. Nattes, poufs, paillasses, ampoules multicolores, vaisselle de festin : pour faire la fête, les Théâtres regorgent de ressources insoupçonnées. La keben a aussi demandé à Simon de télécharger sur son ordinateur portable des playlists pour boîte de nuit avec aussi bien des danses de salon que de la pop, du rap, du reggae…

« À la nuit tombée, les dix-neuf interprètes de la *Flûte* sont arrivés, chacun avec sa bouteille – depuis le banal vin blanc sec jusqu'au champagne chic en passant par l'inévitable tequila de Simon, plus quelques eaux minérales et même du sirop d'orgeat pour la keben.

« Au début, ça s'est passé comme toujours, des mini-groupes qui s'agrègent, s'élargissent puis se défont pour se reconfigurer autrement – chacun à la recherche de sa bonne constellation. D'un accord tacite, on n'a pas parlé boutique, ni de chant ni d'opéra donc. Verre après verre, plaisanterie après plaisanterie, bonnes volontés individuelles plus envies réelles que ça marche, les frontières corporatives ont fini par bouger. Comme la folie des corps et des âmes n'est pas facile d'accès, il a fallu bien sûr pas mal de préliminaires avant que la fête décolle vraiment. On a commencé par danser, heureux et légers. Bonheur du rythme et des yeux qui se sourient. Des flirts se sont esquissés mais de loin, rien de lourd. Et puis la danse a grandi, yeux qui brillent et pulsations qui portent les corps. Simon s'est retrouvé sans l'avoir cherché au cœur de cette fête. Il était beau, séduisant, gai, sensuel même, et les chanteuses ont succombé à la grâce impérieuse qu'elles lui découvraient en dansant avec lui. Il est aussi allé prendre la boiteuse keben par la main et, tendre macho, il l'a entraînée pour un tour enivrant de paso-doble claudiqué à travers leur terrasse.

« Une danse de Simon avec la metteuse en scène a définitivement mis le feu. Un couple étonnant – on n'avait jamais vu ces deux-là se parler depuis le début des répétitions, c'est à peine s'ils se disaient bonjour. Mais, après tout, une fête, c'est justement fait pour ça, pour que surgissent des rencontres impossibles sans elle. Leur java s'est enflammée, et voilà Camille et Simon collés l'un à l'autre, mains sur les fesses et pubis contre pubis. Surprise. Plaisir de cette surprise, la patronne et le comédien soudain proches et sexy : comme si l'équipe se trouvait enfin soudée par cette rencontre, chacun s'est laissé embarquer. Et tous de danser plus fort, de chanter et de battre des mains – même la keben. On a fait cercle autour de ce couple aussi évident à l'instant qu'improbable tout à l'heure encore. Les bras se sont levés vers le ciel – sans aucun doute, ils appelaient les dieux. Émulsion, contagion, c'était Pentecôte : une langue commune naissait. Simon dansait à fond – Simon était toujours à fond. Il a perdu toute conscience du présent – ailleurs, on aurait appelé transe sa danse. Ce fut contagieux, les chanteurs ont attrapé sa maladie et sont partis eux aussi vers l'excès. On ne réfléchissait pas sur cette terrasse, on ne pensait pas, on ne se regardait pas : on criait, on sautait, on se touchait, on était ivres. Même la metteuse en scène était ivre – elle ne savait de quoi, mais quelle importance ? La fête est ainsi montée, montée, avec, au centre de cette folie, la silhouette extatique de Simon.

« La mayonnaise a mal tourné lorsque, en plein milieu de ce moment d'oubli général, la jeune femme – d'un regard fugitif et importun qu'elle a posé sur elle-même – a vu cette scène invraisemblable au lieu de simplement la vivre comme elle avait fait jusqu'à cet instant. Un pas de côté de ce genre, une seconde de lucidité, et il ne lui a plus été possible de continuer sa danse avec Simon. Un frisson s'est emparé d'elle et le fil fulgurant qui l'avait traversée s'est rompu. La java a perdu toute évidence. Le souvenir des semaines passées à frayer de près avec les folies de cet homme est revenu au premier plan en balayant toute ivresse. Elle a reculé d'un pas, puis de deux. Fin de la fusion. Sa redescente a été contagieuse à son tour : sans que nul en prenne clairement conscience, la danse s'est effilochée ; on battait encore des mains, mais de moins en moins fort, Éros s'éclipsait. À la fin n'est resté que Simon au centre de ce cercle devenu inconsistant, Simon, comme toujours les yeux aveugles au présent et les mains inlassablement tendues vers les inaccessibles planètes après lesquelles il courait tout seul.

« Fin du collectif. Chacun est retourné dans son coin de terrasse – qui sous prétexte de reprendre une conversation entamée tout à l'heure, qui pour grignoter, qui pour boire un verre. La keben s'est approchée de Simon et l'a pris par la main pour le ramener au monde, comme font en Afrique les féticheurs quand ils aident un membre du groupe à quitter sa transe. Elle l'a entraîné vers le coin où ils se retrouvaient tous les deux seuls pour cambuser. Simon s'est assis à côté d'elle en posant la tête sur son épaule amie. Il s'est endormi tandis que la soirée reprenait un rythme plus normal, c'est-à-dire banal – les chanteurs qui causent métier, technique vocale et art lyrique ; la Reine de la Nuit et Sarastro qui palabrent sur leurs difficiles rôles de virtuoses ; Papageno qui prend timidement la main de Pamina, "Oui, mais pas trop", lui souffle-t-elle en le laissant faire quand même, et Monostatos qui s'essaie à jouer au disc-jockey. La pianiste un peu partie ne veut plus boire d'alcool, elle supplie qu'on lui trouve de la menthe à l'eau, et alors sa menthe à l'eau semble tellement ridicule qu'on se moque en chœur, genre "Allô, allô, l'amante à l'eau se lamente", etc. Une fête, quoi, sympa comme toutes les autres, rien de mieux.

« Jusqu'à ce que Simon, soudain sorti de la léthargie alcoolique dans laquelle il était plongé, se redresse en braillant : “Alors, on y va ? On met le feu au Grand Théâtre ?” Il était bourré, le comédien – c’était visible. Il zigzaguait de chanteur en chanteur et répétait en boucle : “On y va les lyricos ?” Il s’est planté devant la metteuse et l’a provoquée : “Et si on mettait le feu au Théâtre pour se débarrasser de cette mise en scène ?” Les chanteurs espéraient encore qu’il suffirait de laisser pisser l’ivrogne qui sillonnait la terrasse une bouteille à la main en beuglant : “Le feu, les lyricos, le feu !” quand, subitement, il s’est juché d’un bond sur le parapet, en équilibre – vingt centimètres de pierre et puis le vide derrière ! Panique. Il était fou, ce type ! Debout, sa bouteille de mezcal à la main – pas sa petite flasque de poche habituelle, non, l’une des bouteilles qu’il avait achetées l’autre jour et que la keben avait rangées dans la cambuse en les réservant pour une grande occasion –, il a bu à même le goulot – “Et hop ! un gorgeon !” Ensuite, il a mis la metteuse en scène au défi de venir danser avec lui, là, sur le parapet. Pas dégonflée, elle s’est avancée jusqu’à ses pieds, et lui a lancé, les yeux plantés dans les siens : “Quand tu seras tombé, qu’est-ce qu’on va faire de ton cadavre ?” Le regard de Simon a vacillé, stupéfait par la violence de cette image. Il a ouvert la bouche, mais rien n’est sorti. “Redescends !” a-t-elle ordonné – on n’imaginait pas pareille force en elle. Il a tendu alors des mains tremblantes devant lui, un geste de petit garçon soudain terrifié par le vide, à cent lieues des défis hallucinés qu’il lançait voici deux minutes encore. La keben s’est avancée pour aider ce fou à redescendre du parapet tout en empoignant de l’autre main la bouteille qu’il tenait pour la jeter rageusement loin derrière elle et la briser.

Les chanteurs se sont écartés au passage de la keben et du petit garçon tandis qu'elle le poussait vers la sortie.
« La soirée était foutue.
« Il n'y a pas eu d'after.

« Le lendemain soir, la terrasse était toujours en pagaille – personne n'avait plus le moral et on avait tout laissé en plan. Les brisures de cacahouètes, les bouts de pain tartinés et les parts de gâteaux entamées étaient restés là toute la nuit, et les congénères de Médef avaient pu en profiter. La keben et Simon ont consacré cette soirée à un grand nettoyage des reliefs de la fête, des assiettes en carton, des serviettes en papier et des bouteilles vides ou brisées – plus les fientes d'oiseaux. Ça tombait bien en un sens : vu comment la fête avait mal tourné hier soir, on n'imagine pas comment ils auraient pu retrouver le terrain de jeux et le pommier où d'habitude ils se réfugiaient complices. Balais, pelles et sacs-poubelle à la main, ils ont redescendu les coussins, les guirlandes et les projos, tout ce qui avait été emprunté au Grand Théâtre pour la fête. Ils se sont gardés de tout commentaire sur le gâchis de la veille – ne pas compliquer les choses, ne surtout rien compliquer ! Simon n'a rompu le silence qu'une fois : "Au fond, a-t-il murmuré, il vaudrait mieux que j'aie des plumes, comme Papageno, et que je m'envole !" – la keben ne sachant pas s'il lui parlait ou s'il se parlait à lui-même n'a rien répondu. Le reste du temps, une paire d'écouteurs vissée dans les oreilles, il a fait tourner sa playlist préférée – évidemment, pas les danses de salon ni les tubes pour boîte de nuit choisis hier soir, mais du Tom Waits. Quand "Hold on" est arrivé, Simon a chanté à l'unisson avec la voix abrasive du poète de la déglingue. À la fin, il a levé la tête vers la keben et il a résumé la chanson à sa façon : "Parfois, il n'y a rien à faire..."

« Vingt-quatre heures plus tard, la keben a trouvé Simon assis à califourchon sur son habituel parapet vertigineux, Malcolm Lowry dans une main, sa flasque de tequila dans l'autre, et Tom Waits, toujours lui, dans les oreilles. La jambe côté terrasse dansait, narquoise, et l'on pouvait deviner que, côté vide, c'était pareil.

« Posé sur le rebord où la keben s'asseyait en général tandis que Simon écrivait, il y avait son cahier noir à spirale. Jusqu'à ce soir, la keben avait pris ce cahier comme un journal strictement intime. Devait-elle comprendre maintenant qu'il lui était destiné et qu'elle devait le lire ? Quand la keben s'est dirigée, incertaine, vers le cahier, les jambes de Simon se sont arrêtées de bouger – il était donc aux aguets. Elle l'a interrogé du regard : devait-elle vraiment lire ? Il n'a pas répondu et même ses jambes ont repris leur manège agité.

« Agacée par cette situation, au lieu d'ouvrir le cahier, la keben a commencé par sortir de son cabas des parts de gâteau. L'inévitable goéland Médef est arrivé à grands traits d'ailes et de cris pour sa pitance quotidienne, mais elle ne lui a rien jeté à becqueter – elle pensait à autre chose. Pareil pour Simon qui n'a pas lancé d'invectives au goéland – tant pis pour le laridé, ce serait ce soir diète de biscuits comme d'insultes.

« Pareille pression sans paroles met mal à l'aise. "Si je comprends bien, tu tiens à ce que je lise le cahier, c'est ça ?" a demandé la keben à voix haute. Mais silence toujours. Alors elle a osé ouvrir le journal intime et surprise, affreuse surprise, il était vide, Simon en avait arraché toutes les pages ! C'était ça le message. Ne restaient plus attachées à la spirale métallique du cahier que de minuscules miettes de papier blanc, derniers témoins des quinze jours d'écriture de Simon sur la terrasse.

« Ce fut violent pour la keben, comme si Simon avait effacé leurs deux semaines de rendez-vous quotidiens. Totalement désorientée, elle l'a regardé, les larmes aux yeux : "Mais pourquoi ?" Pour toute réponse, les jambes de Simon ont continué à danser, muettes et butées tandis que ses écouteurs dressaient comme un mur autour de lui.

« La keben avait naïvement imaginé que, dans son journal, Simon l'écrivain trouvait les mots justes, ceux qui expliqueraient tout, depuis sa venue au Grand Théâtre jusqu'à sa mort annoncée par l'Ankou en passant par les magnifiques moments qu'elle avait partagés avec lui. Maintenant, manquaient dans ce cahier vidé de sa substance les dernières pages de leur roman, à l'endroit précisément où elle pourrait enfin comprendre comment ça allait se finir.

« La keben a eu très froid soudain. Elle a remballé ses gâteaux dans du papier d'argent et elle a quitté la terrasse. Pour la première fois depuis qu'elle avait accueilli Simon, elle l'a laissé seul ici tandis que, dérouté d'être abandonné lui aussi, le goéland Médef pleurait plus loin sur le toit. Quand elle a refermé la porte derrière elle, le soleil basculait au nord-ouest et la silhouette de Simon se dessinait à contre-jour, plus noire que jamais. Sa jambe battait toujours une mesure impossible à décrypter. Tout au long des cent vingt marches de l'escalier qu'elle a redescendu lentement, la keben a pleuré de ne pas être aussi bonne keben qu'elle croyait – tout juste radoteuse et impuissante bonne sœur.

« Il y en a qui prennent un calmant ou même un somnifère dans ces moments-là, façon d'oublier l'impasse dans laquelle ils se trouvent. Mais les médocs, ce n'est pas trop le genre de la keben – les sorcières, même les bas de gamme, ont de tout temps été plutôt du genre mixtures et potions. Comme elle n'avait rien de cet ordre dans ses placards, elle s'est minablement raccrochée à l'écran de sa télé – pas brillant, mais il y a des moments où… Et ça a marché, une heure plus tard, elle dormait.

« Au milieu de la nuit, l'ombre de l'Ankou l'a sortie du sommeil. Il était trois heures du matin. La keben s'est signée en parlant toute seule : “Mais Simon alors ?” Elle est retournée là-haut à toute vitesse – cent vingt marches à gravir dans l'autre sens, à son galop de boiteuse. Alors qu'elle attaquait les derniers degrés de son ascension, la porte de la terrasse a claqué. Une fois, deux fois… La keben croyait pourtant l'avoir bien refermée derrière elle tout à l'heure en descendant. Un aigre courant d'air traversait l'escalier. Quand elle a pénétré sur la terrasse, le vent soufflait fort du nord-ouest. Les deux appliques automatiques se sont éclairées à son passage devant la cellule photo-électrique qui les commande, blafardes telles de tristes méduses collées au mur d'un aquarium vidé de son eau. Les nuages passaient au galop devant la lune et leurs ombres poussées en désordre par les bourrasques glissaient menaçantes sur le bitume noir et sur les statues de pierre qui coiffent le toit du Théâtre. La keben a retrouvé pendant une seconde ses anciennes terreurs quand elle était montée là pour la première fois il y a plus de quarante ans. Elle a cherché éperdument Simon des yeux. Mais non, il n'était plus là, ni à califourchon sur sa rambarde provocatrice ni assis par terre à fumer dans un coin de la terrasse comme il faisait souvent. Où était-il donc ? Et là seulement est venue la réponse, évidente et presque apaisante : mais bien sûr, c'était l'Ankou qui... ! Cet Ankou qui était passé à plusieurs reprises dans ses rêves, cet Ankou qui rôdait dans le Grand Théâtre depuis que le jeune comédien y était arrivé, l'Ankou venait d'emmener définitivement Simon ! »

Là, le vieux ne peut pas s'empêcher d'interrompre Danièle :

— Mais en vrai, qu'est-ce qu'il s'est passé pour Simon ?

Vive déception de la conteuse : comme si les contes, ce n'était pas du vrai ! Comme s'ils n'étaient pas de la même eau que la vie et la mort, avec plein d'inexplicable ! Alors elle se lève, vraiment froissée, va jusqu'à la petite table dans le coin de sa loge où brûle jour et nuit une bougie et en rapporte une enveloppe.

— Si vous tenez absolument à avoir d'autres sources que mes histoires de keben, vous pouvez toujours essayer d'en savoir plus avec cette lettre que Simon m'a expédiée juste avant sa mort et que j'ai reçue lundi. Elle n'est pas plus concrète que mes contes, mais si vous croyez que...

Le vieux fait machine arrière, il ne voulait pas blesser Danièle, il s'excuse... Alors Danièle l'interrompt :

— Donc, vous préférez que je continue mon histoire ?

4.

Et là, le vieux réalise : non, il ne veut rien de plus ce soir, ni le conte, ni la lettre. Il dit qu'il est fatigué, et puis qu'il a faim, il lui faut grignoter quelque chose, si Danièle pouvait lui donner l'adresse d'un resto, un truc simple… Danièle, serviable malgré tout, lui propose plutôt de rester, il y a à manger dans son frigo, des œufs, de la charcuterie, du fromage – non, non, merci, l'interrompt le vieux, qu'elle ne se dérange pas. Il tourne autour du pot moins diplomatiquement maintenant, il avoue à Danièle qu'il ne comprend plus rien ni à ses contes, ni à Simon, ni à lui-même d'ailleurs, qu'elle ne lui en veuille pas, il a vraiment besoin de faire une pause. Il est épuisé. Après avoir mangé, il ne pourra même pas ouvrir un livre. Il regardera peut-être un match de foot à la télé, quelque chose de ce genre, une course cycliste, un documentaire animalier, une expédition en Amazonie ou dans le Grand Nord… Du vide quoi, il a besoin de vide. Alors, comment Simon est mort dans le conte ou en vrai… Il se reprend : « Pardon, je veux dire comment Simon est mort… Pas maintenant s'il vous plaît, demain. Et pour sa lettre, pareil : demain. Vous comprenez, le drame autour de Simon, et puis les bouffées de théâtre que j'ai respirées dans la salle de répétition avec en plus le piano et puis Camille… C'est déjà beaucoup. Par-dessus le marché, il y avait *La Flûte enchantée*, celle que met en scène Camille en ce moment, et puis celle que Simon a racontée à votre keben et, en plus, celle que je ne mettrai pas en scène… » Debout dans la loge, le vieux déballe tout ça en vrac à Danièle, une bousculade de mots qui lui échappe. Danièle n'a jamais cru qu'elle était au Grand Théâtre pour comprendre. Non, elle est là pour écouter les artistes et leur tenir la main – leur raconter éventuellement des histoires comme elle le fait ce soir avec le vieux, voilà son véritable rôle. Son regard l'encourage à continuer : « Il faut que je vous dise la vérité, j'avais déjà parlé du suicide avec Simon. Au fond, même, je n'ai parlé que de ça avec lui. Je me demande comment il a pu faire… Moi, je n'arriverais pas à me suicider sans aide. »

Danièle l'interrompt :

— Le conte ne dit pas comment Simon s'est suicidé…

— Comment ça, vous ne savez pas ?

Danièle :

— Les contes, on ne les connaît vraiment qu'au fur et à mesure qu'on les raconte…

Le vieux a-t-il jamais précisément su à l'avance quel spectacle allait sortir des répétitions qu'il entreprenait ? Alors qu'il quitte la loge de Danièle, il se pose la question.

5.

Jusqu'à la mort de Simon, les artistes avaient pris la loge de la concierge comme une sorte de sas de décompression bien agréable à fréquenter entre deux répétitions. Ce mercredi matin, après le suicide et le rendez-vous d'hier avec Camille là-haut dans la salle de répétition, tout a changé : la loge de Danièle devient pour tous point de repère et point d'appui. Si radoteuse et sans importance qu'ait pu avoir l'air jusqu'à présent cette concierge, on réalise que c'est elle qui a le mieux connu Simon. Alors, on va dans sa loge ne serait-ce que pour les infos. « Simon a-t-il laissé un message ? » « Et d'abord, Simon était-il déprimé ? » « T'a-t-il fait des confidences ? » « Est-il mort d'un chagrin d'amour ? » « Pourquoi Simon s'est-il buté en plein milieu de nos répétitions ? Il n'aurait pas pu choisir un autre moment ? » « T'avait-il parlé de ses idées noires ? » Etc. Paniques, fantasmes, défenses, paranos, chacun vient avec son désarroi. On redoute ce qu'on risque d'entendre – après un suicide, on est si fragile – mais tant pis, on vient quand même, à l'affût de ce que diront les récits de la concierge. Peut-être aideront-ils à reconstruire des certitudes.

Danièle accueille tout, angoisses et questions. Elle raconte dix fois l'histoire de Simon, toujours avec la même évidence, et pourtant elle ne se répète jamais – quitte même à se contredire. C'est que cette histoire est inépuisable : il est impossible d'en faire le tour exactement comme il est impossible d'aller au bout de l'insondable qu'est un suicide. Arrimée à sa keben, Danièle ne creuse pas le vide dans lequel chacun se trouve ; elle ne touille pas la peur ; elle ne console pas non plus avec des histoires pieuses : non, elle conte.

Le vieux, de son côté, a fait d'affreux cauchemars la nuit dernière. Dans l'un d'entre eux, il était au bord d'une falaise, tout près du vide, et il se demandait s'il savait encore voler. Fallait-il que le suicide de Simon l'ait marqué ! Dans un autre rêve, ou dans le même plus tard, quelqu'un le poussait dans le vide au bord duquel il marchait bras dessus bras dessous avec Simon et l'Ankou. Le vieux s'est réveillé en sursaut rien qu'au nom de l'Ankou ! Il s'est redressé précipitamment dans son lit pour boire une gorgée – il a failli dire aussi « et hop ! », comme Simon, mais non, lui, il ne boit que de l'eau pétillante la nuit, pas « du » tequila. Confusion. Qui l'avait donc poussé dans ce rêve ? « Toi-même ! » lui a soufflé une réponse bizarre quand il a ouvert les yeux. Au réveil, on invente parfois de ces choses !

Ce matin, le vieux retourne lui aussi dans la loge de Danièle. « Encore ! » Encore un conte, demandent, insatiables, les enfants, même quand le loup a mangé la grand-mère et que la tempête a noyé le capitaine. Quand il arrive au Grand Théâtre, tout un groupe d'interprètes se pressent déjà dans la loge. Tant mieux, c'est plus rassurant quand on n'est pas seul, et puis les contes, c'est surtout fait pour les petites assemblées.

Dans la loge, ça sent bon, Danièle est en train de préparer le buffet autour duquel on se retrouvera demain après l'incinération de Simon. Sur un coin de la table, des pruneaux trempent dans un bol de rhum. Elle va « blanchir des œufs » comme elle dit, en fouettant son mélange avec du sucre dans une jatte en Pyrex. La cuisine en train de se faire, c'est apaisant.

Tôt ce matin, Papagena est arrivée la première, comme une enfant perdue court se jeter dans les bras de sa grand-mère. Et Danièle l'a accueillie ainsi, en mamie. Elle a fait chauffer du lait pour la chanteuse, elle a sorti des biscuits, de la bouillie d'avoine, tout ce qu'elle donnerait à une petite voisine tombée de son vélo et avec des bobos qui saignent aux coudes ou aux genoux. Le suicide de Simon, la réunion d'hier autour de Camille, cette affreuse impro au bord de la mort qu'a racontée la metteuse en scène, et puis les textos cinglés de Simon, tout a bouleversé Papagena. Elle n'en a pas dormi de la nuit. Quand sont arrivées au Grand Théâtre les femmes de la distribution, les Trois Dames, Pamina et la Reine de la Nuit – comme par hasard, les femmes sont venues dans la loge avant les hommes, elles n'ont pas de mépris, elles, pour la naïveté de la concierge –, Danièle avait déjà longuement câliné Papagena. Elle lui avait déjà raconté des histoires de Simon et de la keben. À cette écoute, les larmes de la jeune chanteuse avaient un peu séché. Mais l'arrivée des partenaires de Papagena avait relancé l'anxiété avec l'inépuisable machine à pourquoi. Comme l'anxiété, c'est contagieux, le groupe des six chanteuses est en train de se faire un flot de reproches quand arrive le vieux : elles n'auraient pas assez recherché le contact avec Simon, elles n'auraient pas été assez attentives à son égard – et pourtant Dieu sait s'il était attirant, osent-elles dire maintenant ! Elles auraient peut-être pu l'aider, elles auraient dû… Le vieux se croit ici autorisé à intervenir et à ressasser ses conseils d'ancien, exactement comme il l'avait déjà fait hier avec Camille :

— On a toujours des regrets à la mort d'un proche. Mais qu'est-ce qui manque le plus gravement ? Je vais vous le dire : ce que l'on n'a pas fait avec le disparu. Le deuil nous met sous le nez nos négligences passées.

Papagena n'a rien à ficher de ces sentences de vieillard. Elle se retourne vers la concierge.

— Mais toi, Danièle, tu n'as pas de regrets ?

Danièle ne sait répondre à pareille question qu'en reprenant son fil de conteuse :

— Oh, oui, tu as raison de le demander, la keben en a des regrets ! Elle avait eu des pressentiments, plein de pressentiments, mais elle n'a pas su qu'en faire. Dès le début, avant même que Simon n'arrive au Théâtre, l'immense silhouette de l'Ankou avait traversé la scène du Grand Théâtre pendant un de ses rêves et la keben savait parfaitement que l'envoyé de la mort ne vient jamais pour rien dans nos songes. Ça n'a pas manqué, quinze nuits plus tard, celle-là même où on a retrouvé le corps de Simon, l'Ankou est revenu au Grand Théâtre et dans les cauchemars de la keben.

Papagena :

— Et tu n'as rien fait ?

— Cette keben sait aussi que la mort nous dépasse.

Et alors Papagena de fondre à nouveau en larmes. L'inéluctable de la mort, c'est trop pour elle aujourd'hui. Elle se lève et sort brusquement de la loge pour courir vers le piano qui se trouve dans le foyer des artistes. Chanter, d'urgence chanter, vite de la musique, vite sa voix, vite se cramponner à son personnage de Papagena heureuse, vite se raccrocher aux branches enchantées de la *Flûte* ! Et alors, au rez-de-chaussée du Grand Théâtre retentissent les étourdissants bafouillis amoureux de Papagena :

> *Pa Pa Pa Pa Pa Pa Pa*
> *pa pa pa pa pa pa pa Pa pa pa Pa Pa Pa*
> *PAPAPAPAPAPAPAGEEE-NO !*

The Magic Flute, disent les Anglais. Il y a de la magie dans cette *Flûte* – quoi que Simon ait pu en dire. Après avoir ainsi chanté, Papagena revient rassérénée dans la loge de Danièle.

La Reine de la Nuit demande à Danièle quel genre d'homme était au fond Simon. Danièle raconte alors les poèmes de Rimbaud que Simon récitait à la keben. Des textes de Bond aussi, des chansons de Tom Waits et de Léo Ferré. Elle ajoute que Simon n'était pas toujours sombre et anxieux.

— Ils se livraient souvent à des gamineries de cour de récréation, oui, ils jouaient comme des enfants !

Pamina :

— Qui ça, « ils » ?

Danièle, têtue :

— « Ils » ? La keben et Simon, évidemment…

Pamina :

— Arrête, Danièle. Tout le monde sait bien que la keben, c'est toi…

Danièle ne répond pas aux provocs – les devine-t-elle d'ailleurs seulement ? Elle dépose tranquillement un bâton de cannelle au fond de la casserole de lait qui chauffe sur la gazinière et le gâteau en train de se faire calme le jeu. Pamina n'ose pas poursuivre frontalement, alors elle reprend par un autre biais :

— Mais toi, Danièle, depuis la mort de Simon, tu n'es pas bouleversée ?

— Moi ? Qu'est-ce que ça peut faire ? Je n'ai pas d'importance dans cette histoire !

Et Danièle d'ajouter de la farine de blé noir au mélange de lait et d'œufs qu'elle bat. Elle fait un coq-à-l'âne :

— Simon jouait souvent avec les goélands. Il leur balançait des parts des gâteaux que la keben apportait sur la terrasse. Ça la faisait enrager – « Je ne cuisine pas pour les nuisibles ! » bougonnait-elle. Peu importait à Simon, ces escadrilles hurlantes en train de tourner autour des toits du Grand Théâtre le faisaient marrer.

Le Simon complice des goélands que Danièle décrit aujourd'hui n'a rien de commun avec l'anar hargneux que Danièle avait évoqué hier dans ses contes. Le vieux la reprend :

— Mais vous m'avez raconté que Simon bataillait contre Médef…

Danièle :

— Vous savez, des histoires de Simon et de la keben, il y en a tant !

Comme si les contes n'avaient jamais de variantes ! Comme si le vieux, quand il réalisait des mises en scène, ne passait pas son temps à caboter d'une version à l'autre, entre contradictions et invraisemblances !

La Première Dame à Danièle :

— Moi, je crois qu'en fait, Simon était amoureux de Camille.

La chose la plus importante pour les Trois Dames, c'est l'amour. Danièle :

— Simon n'a jamais parlé de Camille à la keben.

La Deuxième Dame :

— C'est peut-être une preuve, ça !

Danièle obstinément :

— L'histoire n'en dit rien.

La Troisième Dame, pressante :

— Mais, tout de même, Simon ne parlait jamais d'amour ?

Hier, le vieux n'avait pas osé interroger la conteuse à ce sujet, mais la configuration de la loge se prête mieux aujourd'hui aux questions indiscrètes. Il insiste :

— Il n'y a vraiment jamais rien eu entre Camille et Simon ?

— Ce n'est pas précisé dans le conte !

Elle est agaçante cette Danièle, pas moyen de lui arracher un potin.

La Reine de la Nuit change alors de sujet :

— Et *La Flûte enchantée*, il n'en parlait jamais ?

— Oh que si, il en parlait ! Chaque jour même ! Il était intarissable à ce sujet, mais il ne parlait que de « sa » *Flûte,* celle qu'il rêvait de faire, pas celle de vos répétitions. Un exemple qui te concerne : il avait réécrit les paroles des deux grands airs de la Reine afin, disait-il, qu'il soit clair qu'elle était bien plus une combattante qu'une hystérique.

— Tu te souviens des paroles ?

— Simon ne les a pas chantées à la keben, il lui a seulement dit que la rage de la Reine ne devrait pas aveugler les metteurs en scène et que ses contre-*fa* dans ses airs sont des cris de guerre, pas des cris de désespoir.

Premier homme de l'équipe à débarquer dans la loge, Monostatos demande à Danièle, soupçonneux : « Mais comment se fait-il que Simon ait eu le droit d'aller sur la terrasse du Théâtre ? » Bien sûr, répond Danièle, la keben savait que les règlements n'autorisent pas de présence étrangère à cet endroit. Mais, si on se soumettait à tous les interdits, on ne ferait jamais rien, n'est-ce pas ? Les artistes ont souvent besoin de choses que les règlements ne prévoient pas !

Le ténor esquisse alors un commentaire pas très fin : « Quand même, vous deux seuls sur la terrasse, il n'y avait peut-être pas que de l'artistique… » Non, non, se récrie Danièle, que Monostatos n'imagine pas que les soirées de la keben avec Simon étaient troubles comme il l'insinue. « C'étaient plutôt des moments… » Elle cherche ses mots, ce n'est pas simple à trouver : « … des moments… » Elle finit par dire : « … des moments de joie, des moments de jeux, des moments de travail… », tous ces mots en vrac. Ils sont loin de suffire, mais impossible à l'instant pour Danièle d'ajouter l'essentiel – « des moments d'amour » –, évidemment qu'il y a eu aussi de l'amour sur la terrasse, mais elle ne prononce pas le mot, les mecs imaginent toujours des choses après.

Quand Sarastro, la basse barbue, arrive à son tour, flanqué de Tamino, lui aussi semble travaillé par des soupçons – encore une fois, les femmes parlent d'abord de leurs émotions tandis que les hommes se veulent lucides et pas dupes. Sarastro demande si Danièle n'était pas présente sur la terrasse aux côtés de Simon quand il s'est balancé. Car, insiste-t-il, de deux choses l'une : ou bien elle était aux côtés de Simon au moment du drame, elle ne l'a pas retenu et c'est une faute grave. Ou bien elle n'était pas sur la terrasse et elle était en faute professionnellement parlant.

— Vous en voulez une ?

C'est une des façons de faire de Danièle, proposer une crêpe pour calmer la discussion – personne ne peut refuser, pas même Sarastro. Elle demande aussi :

— Et vous les voulez à quoi, vos crêpes ?

À ce qu'elle voudra, le geste grand seigneur de Sarastro dit qu'ils ne sont pas venus ici pour manger. N'empêche qu'il n'a pas dit non. Danièle contourne encore ses soupçons en déposant tranquillement du fromage, du jambon et un jaune d'œuf sur la pâte qu'elle vient de retourner sur la bilig. Elle laisse cuire encore sa préparation une minute et plie en quatre la crêpe sur elle-même avant de reprendre la parole :

— Difficile de répondre à tes questions, le conte ne dit pas ce qui s'est passé sur la terrasse au moment précis où Simon a basculé dans le vide.

Une fois la complète prête, Danièle la soulève, la glisse dans une assiette et la tend à Sarastro. Alors la basse, sans se laisser distraire par les manières temporisatrices de la crêpière et encore moins par la conteuse :

— Mais toi, Danièle, toi perso, qu'est-ce que tu sais ?

Danièle, factuelle soudain :

— Les flics sont venus au Grand Théâtre. Il y a eu une enquête – il y a toujours une enquête dans ces cas-là.

— Et alors ?

— Ils ont conclu à un suicide.

— Tu as vu Simon se balancer ?

— Moi ? Pas du tout, je dormais !

Danièle revient alors à son conte tout en préparant la complète destinée à Tamino :

— L'Ankou est venu dans les songes de la keben, coiffé de son large feutre et armé de la faux que tout le monde connaît. Une sirène d'alarme s'est mise à hurler dans la tête de la sorcière – « Et Simon ? Et Simon ? » – tandis qu'elle sortait de son cauchemar et courait jusqu'à la terrasse. Quand elle est arrivée là-haut, Simon n'était plus là.

La conteuse se tait à ce moment de son récit, comme elle l'a fait hier avec le vieux.

Et alors, exactement comme le vieux hier, Sarastro de demander à Danièle :

— Mais, en vrai, qu'est-ce qu'il s'est passé ?

Danièle ne comprend toujours pas ce genre de questions. Le barbu insiste :

— Arrête de tourner autour du pot ! La keben, c'est toi, tout le monde l'a deviné !

Danièle ne lâche pas :

— Je te promets que le conte ne dit pas comment Simon a fait…

Sarastro, énervé :

— Tu te débines...

Danièle, comme hier soir au vieux :

— Crois-moi, mes contes, je ne les connais qu'au fur et à mesure qu'ils me viennent !

Elle en tremble, Danièle, elle est au bord des larmes, stupéfaite qu'on puisse penser que ses contes mentiraient.

— Danièle ne ment pas plus avec sa keben que tu ne mens toi, Sarastro, ou toi, Papagena, quand vous êtes sur scène !

Tout le monde se tait dans la loge devant cette Danièle tremblante et désemparée. Auprès d'elle, on a toujours trouvé jusqu'ici l'accueil le plus généreux et le plus simple qui soit. Ce matin encore, on était venu la voir parce qu'on savait qu'elle donnerait tout ce dont on a besoin. Et là, on se met à la soupçonner ? Même Sarastro renonce – il décide que la concierge radote et quitte le Théâtre sans autre mot. Pamina tente alors une diversion en demandant à Danièle de lui faire une crêpe – « une sucrée, au froment et au miel, c'est possible ? » Ça détend l'atmosphère. Papagena enchaîne en disant que le soir de la fête, si Simon l'avait embrassée, elle se serait laissé faire tant il était beau. Rire général, ouf ! Oui, c'est vrai qu'il était attirant ce type, dommage qu'il ait été alcoolique. Et chacun d'ajouter alors son anecdote, Monostatos qui assure de source sûre que Simon avait commencé à faire du théâtre en Angleterre ; le vieux qui raconte sa première rencontre avec Simon lors d'un l'enterrement – déjà ! ; la Reine de la Nuit qui confie qu'elle l'avait vu un soir assis tout seul sur un banc devant le fleuve, mais qu'elle n'avait pas osé l'aborder malgré son envie de le faire, etc. Bout d'histoire après bout d'histoire, on ne connaît évidemment pas mieux la vraie vie de Simon ni le pourquoi de sa mort, mais les contes de Danièle finissent par retrouver une grande part de leur légitimité – les anecdotes sont si peu à la hauteur de Simon et de son suicide !

6.

Quand, en fin de journée, Camille entre à son tour dans la loge, les derniers chanteurs de l'équipe sont partis et ne reste plus que le vieux. Sur le buffet s'entassent maintenant des tonnes de mets – des fars, des crêpes de blé noir, des crêpes au froment, des parts de gâteau... résultat du travail de Danièle toute la journée en compagnie des chanteurs. Ça fleure fort le sarrasin.

— Tu me donneras tes recettes ?

Pour le far, pas difficile – farine de blé noir avec ou sans pruneaux, laisser reposer, etc. Pour les crêpes, Danièle est plus réticente, sa pâte à crêpe, c'est tout de même un secret.

Le vieux :

— Vous croyez encore à ces choses-là ?

Bien sûr que non, elle n'y croit pas ! Et pour preuve, elle donne immédiatement la liste des ingrédients nécessaires – farine de blé noir, beurre, eau, gros sel, œufs. Rien que de très évident – sauf que le vieux soupçonne la cuisinière de ne pas avoir tout dit – avec les Bretons, on se met vite à fantasmer.

Camille est arrivée chargée de provisions – quand son grand-père juif était mort, les proches avaient apporté à la maison de quoi manger et cette attention l'avait frappée. Elle s'est munie ce soir de ce qu'il faut pour préparer le repas – petits pois, pancetta, oignons, échalotes, beurre salé, persil, mascarpone, riz rond et bouillon cube – plus deux bouteilles de pouilly-fuissé. Quand elle déballe les provisions, elle surtitre la séance de ce soir, entre polar et dérision :

— Ce sera « Risotto pour un défunt » !

Rire aussi, même quand on pleure – à force de repères perdus, les mots et les rituels risquent tellement de devenir convenus !

Les deux femmes et le vieux commencent par écosser les petits pois. Puis ils préparent les oignons et les échalotes – s'il y a des larmes dans les yeux, Simon n'aura pas été le seul à les provoquer. Quand Camille ouvre le paquet de riz qu'elle a dégoté dans une épicerie fine – « du riz carnaroli, ça et rien d'autre ! » –, patatras, le paquet s'échappe de ses mains, tombe par terre et explose. Les voilà tous les trois tordus sous la table à ramasser les grains de riz éparpillés dans la loge. Rire à quatre pattes, c'est bon aussi pour chasser les tensions du deuil.

Samedi dernier, au sortir de la morgue, Camille était passée au commissariat. Lorsque la police l'avait interrogée, elle avait dit aux flics tout ce qu'elle savait de Simon – ses talents de comédien, l'alcool aussi, bien sûr, l'assistant qui était devenu ex-futur parce qu'elle n'était pas d'accord avec lui, et puis l'homme de théâtre un peu perdu à l'opéra, et les textos dont il l'avait inondée pendant les répétitions. Oui, certainement il était amoureux d'elle ; non, ils n'avaient jamais fait l'amour ensemble ; oui, pendant les répétitions du spectacle, elle s'était sentie harcelée par lui, et elle l'avait évité au maximum ; non, elle n'avait jamais parlé de ça avec lui, et ils ne s'étaient pas disputés les jours derniers. Le dernier soir, Simon l'avait appelée à plusieurs reprises par téléphone et encore avant de sauter, mais elle n'avait pas décroché. Non, elle n'était pas seule cette nuit-là, ça lui fait un alibi s'il y en avait besoin, non, elle n'avait jamais désiré la mort de Simon !

À la sortie du commissariat, Camille n'avait pas eu la force de retourner au Grand Théâtre.

Quand les flics avaient ensuite pris la déposition de Danièle, ils n'avaient rien compris à ses contes de vieille folle. Heureusement pour elle, après autopsie du corps de Simon imbibé de tequila, vérification de ses messages téléphoniques et inspection de la terrasse, ils n'avaient pas hésité : c'était bien un suicide.

Une fois sortie à son tour du commissariat, Danièle avait cherché à joindre Camille mais elle était toujours tombée sur son répondeur. Plus tard, bien plus tard dans la journée, elle avait enfin reçu un texto de Camille : « Je me suis enfuie, pardonne-moi. Je suis mal, très mal. Annule la répétition prévue pour lundi et organise un rendez-vous pour tous mardi quinze heures dans la salle de répétition. » Une vraie fuite, en effet – rien de glorieux ! Danièle la concierge s'était donc retrouvée seule pour s'occuper de prévenir la famille, d'appeler des artistes, d'annuler la répétition de lundi, de donner les infos à qui de droit, d'organiser les obsèques, etc. Comme Danièle est incapable de râler, elle l'avait fait sans aigreur. Il y avait eu un os tout de même quand, le lendemain du suicide, le journal local avait publié une photo du Grand Théâtre vu d'avion, ainsi légendée : « La terrasse maudite ». Comme si sa terrasse sacrée pouvait porter malheur ! Là, elle avait pleuré.

— Pardonne-moi de t'avoir lâchée.

Camille est sincère. Un coup de ménage à faire pour ramasser les grains de riz, la cuisson du risotto – un bouillon qu'il ne faut jamais quitter des yeux –, tout ça tombe bien ce soir. Viennent des excuses à faire, un aveu compliqué, une bouffée de tristesse, une idée saugrenue et alors, sous prétexte de rangement ou de cuisine, on peut dire un mot, s'interrompre, prendre le temps de chercher un nouveau fil de récit et continuer à tisser – bribe après bribe, souvenir après souvenir – la légende de Simon telle qu'elle restera gravée à la fin de la soirée dans le cœur de chacun des trois convives que le deuil réunit ce soir.

Il faut du temps au vieux pour s'ajuster à l'écoute de tant de récits différents : il n'est jamais sûr que Camille, Danièle et la keben parlent du même Simon.

Il se hasarde prudemment :

— Mais à la fin, dites-moi, selon les contes de la keben ou selon vous, comme vous voudrez, Simon et la metteuse en scène, ils ont été amoureux ou pas ?

Camille :

— En fait, tu voudrais savoir si Simon et moi, nous avons fait l'amour ?

Le vieux, prudent :

— Peut-être que le conte…

Camille, sans laisser parler Danièle :

— Je vais te dire, moi : Simon et moi, on n'a pas couché ensemble. Il ne me l'a pas proposé.

Le vieux :

— Et toi, tu y as pensé ?

— Moi non plus, je ne lui ai rien proposé.

Le vieux :

— Tu n'as pas été un peu amoureuse de lui ? La première fois que je l'ai rencontré avec toi, tu m'avais déjà dit que tu le trouvais très beau.

— C'est vrai. Mais à la fin, je ne pouvais plus le supporter.

Le risotto à remuer est décidément précieux pour essayer de garder un ton à peu près juste sur de tels sujets.

Camille :

— Certains soirs, j'ai cru que j'allais craquer. À cette époque, Simon et moi, on se voyait tous les jours pour préparer la *Flûte* – je pensais encore qu'il serait mon assistant. Il parlait, il parlait et je le trouvais encore magnifique. Ses formules étaient tranchantes, ses images partaient dans tous les sens, fulgurantes ; c'était, en l'écoutant, un festival de visions, deux mille idées à la minute. Ce qu'il disait était dingo, mais c'était génial ! En plus, on prenait souvent du shit. Il aurait suffi d'un geste, d'un regard, d'une suspension… L'ennui, c'est que, pour Simon, l'important du moment, ce n'étaient apparemment jamais les ondes qui vibraient entre nous, mais les mots et les idées qu'il brassait. Comme s'il n'était pas possible de penser à autre chose, au sexe par exemple. Il parlait, il parlait, il parlait, et l'important du moment n'était plus que parler. À la longue, ce genre de situation devient très désagréable. Le pire, c'est qu'au lieu d'interrompre Simon, au lieu de, je ne sais pas moi, faire un pas vers lui et le faire taire en l'embrassant carrément sur la bouche ou, au contraire, au lieu de tout casser, je me suis mise à faire comme lui et à boire de l'alcool. À la fin, nous n'étions plus que deux poivrots, lui assis sur le chambranle de la fenêtre, sa flasque de tequila à la main, et moi effondrée dans un fauteuil. Un soir, des coups frappés à ma porte m'ont réveillée : des passants venaient de trouver Simon allongé ivre dans la rue. L'ivrogne s'était évanoui par la fenêtre… Heureusement, rien de grave, j'habitais un rez-de-chaussée et…

Danièle interrompt Camille :

— C'est toi qui l'avais poussé ?

Camille, surprise :

— Je racontais comment nous nous soûlions au lieu de faire l'amour…

Et puis, intriguée par l'idée de Danièle :

— Mais pourquoi penses-tu que j'aurais pu le pousser ?

Danièle, troublée :

— Je ne sais pas.

Un ange passe dans la loge sans qu'aucun des trois sache pourquoi. Danièle prend ensuite vivement une fourchette sous prétexte de goûter le risotto. Elle dit qu'il est trop *al dente*, qu'il faut tourner la préparation quelques minutes de plus et, sous prétexte de redevenir cuisinière, la conteuse en elle reprend la main :

— Selon un des rêves qu'il a racontés à la keben, Simon a fait l'amour avec la metteuse en scène. Il voulait la prendre par la main dans la rue où ils marchaient côte à côte, mais il n'osait pas. Au bout de la rue, il y avait un immeuble en feu. Le Grand Théâtre brûlait. Le spectacle était stupéfiant : des fumées jaunes, rouges, grises, noires comme si le ciel lui-même flambait tout en s'écroulant. « Magnifique, a dit Simon, oui, ça peut être magnifique un Théâtre en feu, grandiose et monstrueux. » C'est à ce moment-là, dans le rêve de Simon, que les carapaces avaient craqué et qu'ils s'étaient tous les deux déshabillés pour faire l'amour.

Camille à Danièle :

— Pas de doute, le risotto, ça aide à raconter !

Le vieux, alors, humoriste ou pragmatique :

— À moins que ce ne soit le fait de raconter qui aide le risotto...

Camille :

— Il faut le nourrir lentement.

— De quoi tu parles, là ? Du risotto ou du conte ?

Rires :

— Des deux, mon général !

La loge embaume. Les âmes et les bouches se sont mises à saliver. Ce repas comme un moment précieux dans la douceur d'être ensemble même en deuil, entre odeurs de terre, de bois, de blé noir et histoires de théâtre touillées, malaxées et mixées à souhait.

Ils lèvent leurs verres à la santé du disparu :

— Tchin !

Le vieux complète :

— Et hop !

Tous trinquent à la santé du buveur de tequila :

— Et hop !

Sûrs que Simon apprécie, où qu'il soit maintenant.

Les jours de deuil, on pleure et on se défoule. En général, ça se passe après l'enterrement. Pour Camille, le vieux et Danièle, ça commence la veille. Ils y vont à fond. Une bouteille ? Tu parles, ce ne sera pas assez, alors ils en ouvrent une seconde. Quand Danièle raconte de nouveau comment, le jour de son arrivée au Grand Théâtre, Simon avait embarqué la servante dans une sidérante valse couronnée d'un baisemain, Camille y voit l'exacte confirmation de la scène qu'elle vient de décrire.

— Simon, c'était ça : romantique et séduisant en diable au départ. Mais à l'arrivée, il n'y avait plus personne !

Les deux femmes hurlent de rire. Le vieux mec rit moins – il reconnaît trop sa propre jeunesse dans ce profil d'inhibé.

Camille interpelle le fantôme de son ex-futur assistant en levant son verre vers le ciel – on imagine toujours que les morts sont là-haut :

— Et l'amour, Simon ? Qu'est-ce que tu faisais de l'amour ?

Le ciel ne répond évidemment pas.

— Simon s'y connaissait en tragédies, drames et autres culs-de-sac. Mais pour la vie et l'amour, pas brillant !

À la fin du repas, quand le vieux va pour laver les assiettes et les couverts, Danièle s'interpose, pas question de faire la plonge le soir : « Trop de propreté chasse les âmes ! » Ils laissent donc la table en plan et partent en direction de leur salon-fumoir du soir, le foyer des artistes. Mais quand ils passent devant la porte d'accès à la grande scène, Camille est assez bourrée pour s'arrêter et proclamer :

— Attendez, je vais expliquer à la servante, moi, ce que fait Simon « après », une fois qu'il vous a emballée et rendue dingue de lui ! Au cas où elle attendrait encore Simon le romantique !

Camille pénètre sur le plateau de la grande scène pour donner des leçons de vie à l'ampoule emmanchée sur un pied :

— Et après ? Après la valse, après le coup de foudre, après des soirées entières à marcher ensemble quasiment main dans la main, tu veux savoir ce qu'il fait après, Simon ? Eh bien, je vais te dire : il ne fait rien ! Le sentimental qui t'a emballée pour des tours de piste à t'en faire chavirer, ce mec qui n'était que séduction dans ses gestes, dans ses regards, dans ses mots, ce mec qui t'émerveillait tant il semble désirer subtilement, ce mec qui t'effleurait le bras, la main, l'épaule, ce mec qui ne parlait jamais d'amour et pourtant qui n'était qu'amour dans ses messages, à tel point que tu savais que ça allait finir au lit et en route pour l'aventure, grande ou petite peu importait, tu verrais plus tard – eh bien, non, ce mec, il ne dit soudain plus rien du tout. Et on n'y va pas ! L'amour, chez Simon, restait indéfiniment en suspens. Au début, tu l'excuses, tu te dis qu'il est jeune et que ce sera pour demain. Après, tu culpabilises : peut-être que tu lui fais peur. Ensuite, c'est pire, tu te tortures, peut-être que tu n'es pas désirable. Et à la fin tu comprends que tu rêvais, qu'il n'y avait rien de consistant à chercher derrière ce qu'il ne disait pas et ne faisait pas. Mais pile au moment où tu réalises que vous ne ferez jamais rien ensemble, alors il revient au galop avec sa cour subliminaire ! « Pas d'pathos ! Pas d'pathos ! » Tu parles ! Il n'y a rien de plus pâteux qu'un mec pareil !

Camille se retourne vers le piano posé à jardin comme si le fantôme de Simon était dedans.

— Merde, merde, Simon ! L'amour, ce n'est pas que charme et subtilité !

À nouveau, en s'adressant à la servante :

— Il y a de quoi devenir folle avec des amoureux comme lui ! À la fin, tout était bousillé entre nous…

Dans son élan alcoolisé, Camille en rajoute une couche vers Simon et son fantôme :

— Et alors tu t'es brisé en mille morceaux sur le trottoir, bien fait pour ta gueule !

Elle quitte le centre de la scène, va au piano et en soulève le couvercle.

— Qu'est-ce que tu réponds à ça, Simon ? Tu prétends que moi non plus je ne t'ai rien proposé ? Tu es gonflé !

Elle crie vers la table d'harmonie comme si elle exigeait une réponse des cordes aux reflets cuivrés :

— Et ces heures à marcher à tes côtés sous couvert de discussions dramaturgiques, ce n'était rien ? Et quand nous passions nos nuits dans ma chambre à jouer aux échecs ? Et quand nous étions tous les deux en larmes à écouter du Schubert, du Mozart, du Strauss ou du jazz ? Tu appelles ça des portes fermées ?

Camille se retourne vers la servante et Danièle.

— Merde à ces mecs sans queue ni tête !

Elle lâche brusquement le couvercle du piano et un fracas d'harmonies emplit la cage de scène.

Les ondes tournent et puis elles meurent.

Quand le silence revient, ne reste sur la grande scène que le désarroi de Camille, sa main cramponnée à l'ébène de ce piano qui ne répond pas plus que le fantôme de Simon. Après (un long moment après), elle se glisse jusqu'au tabouret du piano, son pied droit cherche la pédale forte de l'instrument et elle tente laborieusement, note après note, un accord de septième diminuée.

Camille s'excuse en se tournant vers le vieux :

— Il n'y a que ça que j'aie retenu des leçons de Simon.

Un haussement d'épaules vers ses doigts minablement accrochés au clavier.

— Simon n'est jamais parvenu à m'en apprendre plus.

À destination du vieux :

— Tu viens m'aider ?

Il fait non de la tête, il n'a pas de leçons à donner à Camille, ni de piano ni d'amour.

Camille, d'une voix sourde maintenant :

— Simon m'a fait flipper avec ses sous-entendus, un amour sans les mots, ni les gestes. Ni des oui ni des non. Je suis même allée voir un toubib pour qu'il me prescrive des anxiolytiques. Quand je lui ai expliqué pourquoi, il s'est exclamé : « Mais ce type et vous, vous avez de vrais rapports de nursery ! » Il ne voyait qu'une cour de jeune puceau dans les manières de ce gamin de vingt ans de moins que moi. Et surtout, il voyait que mes réponses à sa cour silencieuse étaient pitoyables. Le docteur m'a fait une ordonnance de Lexomil et il m'a conseillé de changer de vie dare-dare. Au lieu de quoi, j'ai continué à louvoyer avec Simon ! J'ai tourné autour du pot, je lui ai parlé du monde lyrique et de ses chanteurs comme d'un monde qui, au bout du compte, ne lui conviendrait probablement pas. Quand je suis enfin arrivée à lui dire qu'il valait peut-être mieux que je me passe de lui comme assistant, je me suis empressée de boucher les trous et de lui bricoler un pansement en proposant qu'il reste quand même sur notre production de *La Flûte enchantée* en tant que comédien. Résultat, il est resté dans mes parages et sa présence aux répétitions allait peser sur moi encore plus qu'avant avec son déluge de textos énigmatiques !

Comme si le lien de cause à effet était évident, Camille se retourne vers le manteau de scène côté cour auquel Danièle et le vieux sont appuyés pour conclure :

— Et à la fin, Simon s'est balancé.

Camille se penche à nouveau vers le clavier du piano en tentant de retrouver l'accord de septième diminuée dont lui a fait cadeau Simon. Mais elle a oublié de mettre la pédale et ça sonne encore plus nul. Alors elle renonce et ferme d'un coup sec le couvercle de l'instrument. Camille pose la tête sur le bois du piano, en larmes et sonnée. Ni ondes ni harmoniques cette fois-ci, ne traîne plus sur la scène que sa solitude.

Danièle n'est pas actrice. Le grand plateau n'est pas une bonne place pour elle et ses contes. Alors elle prend le vieux par la main.

— Venez ! Je vais vous raconter.

Les pendrillons frissonnent à leur passage quand ils quittent la scène. Camille, tout à son fantôme et à son alcool, ne s'aperçoit de rien.

À leur arrivée sur la terrasse, les deux appliques automatiques se sont allumées.

— Ça sent le Simon ici, comme dirait la keben. Vous ne trouvez pas ?

Et en effet, après le vin blanc, on peut s'imaginer que flotte encore là l'odeur du jeune comédien – tabac, tequila et infimes saveurs acides. Danièle reprend son fil de conteuse :

« La keben exulte chaque fois qu'elle arrive sur sa terrasse. Même après la mort de Simon, elle y retourne comme pour danser les bras levés au-dessus de la tête et les yeux fermés. Ses pieds boiteux mais légers et précis survolent cette marelle où elle a si souvent joué avec lui. Elle chante en direction du couchant fétiche du comédien. Tout à l'heure, quand elle est montée ici comme pour un nouveau rendez-vous avec Simon, un orage grondait au nord-ouest. La keben l'a apostrophé comme si c'était le comédien qui se manifestait : “Alors, dis-moi, c'est vrai que tu harcelais Camille ?” Le tonnerre n'a rien répondu. La keben a préféré croire que ça voulait dire non. »

Danièle ouvre la porte de service pour y chercher, entre balais, brosses et serpillières, une des bouteilles qui s'y trouve planquées. Et puis elle entraîne le vieux vers le parapet tout en reprenant son conte par un autre bout qu'hier :

« Le dernier soir, quand la keben est redescendue dans sa loge, elle ne comprenait vraiment plus rien à son rôle auprès de Simon. Il y en a qui avalent des anxiolytiques dans ces moments-là, ou un somnifère, façon de sortir de leur angoisse. Mais les médocs, ce n'est pas pour les kebened… »

Danièle, au passage pour ce vieux qui ne parle pas breton :

— Le pluriel de keben, c'est kebened…

Et puis elle reprend le fil du conte :

« ... Elle a allumé sa télé, ça aide à s'endormir, la télé. Au milieu de la nuit, l'Ankou est venu dans un de ses rêves et puis il est monté sur la terrasse. Simon l'attendait là-haut, flasque de tequila dans une main, téléphone portable dans l'autre. Sa jambe droite dansait toujours côté terrasse et la gauche dans le vide. Il a dit fermement, et on n'aurait pas pu savoir si c'était une question ou une constatation :

« — C'est l'heure…

« L'Ankou a hoché la tête. Simon a confirmé :

« — Alors, on y va.

« Sans aide, Simon n'aurait pas pu. »

Danièle ne donne pas tout à fait la même version du conte qu'hier, mais, à cette étape de la journée, le vieux a renoncé à démêler les contradictions dans les contes de Danièle.

Sur le chemin qui les ramène au rez-de-chaussée, Danièle pousse la double porte des coursives au passage du sixième étage et entraîne le vieux sur les passerelles pour une autre étape à laquelle elle tient – après les mystères de la terrasse, les secrets de la cage de scène. Seuls les blocs blafards des secours percent l'obscurité. Tout en bas, sur les planches du plateau nu, à douze mètres sous eux, veille la servante. À cette vue, quelqu'un de la génération catéchisée du vieux penserait forcément à la loupiote rouge qu'on allumait devant le tabernacle de l'église paroissiale en témoignage de la présence réelle du Christ, et dans le silence des scènes vides, le vieux a toujours cru entendre battre le cœur du Théâtre.

Tout en bas, la silhouette de Camille est allongée sur le dos au pied de la servante, à même le plancher de scène, les bras en croix, les yeux fermés. L'ombre de ses cheveux dessine une couronne autour de sa tête. Elle est plus belle que jamais, Camille. *Inspir*, *expir*, *inspir*, sa poitrine et son ventre se gonflent, se détendent, se gonflent à nouveau, lentement, profondément. C'est contagieux. Sans même y prendre garde, le vieux règle son propre souffle sur celui de la jeune femme. Danièle fait pareil. Minutes partagées. Il y en a qui appellent concentration ces moments. D'autres diraient faire le vide. Dans les monastères, on dit prier. Et les contes de la keben assurent, avec Simon, que ces quinze mille mètres cubes de cage de scène attendent les comédiens quand ils font naître là des dieux.

De longues minutes plus tard, Danièle prend le vieux par la main et l'arrache au silence hypnotique des lieux pour finir de redescendre vers la loge. Elle a toujours à la main la bouteille qu'elle a dégotée dans la cambuse de la terrasse – du mezcal, évidemment.

Deux heures et pas mal d'alcool d'agave plus tard, on les retrouve tous les deux vautrés dans la loge avec Camille plus Mina, la chatte du Grand Théâtre, qui ronronne sur ses genoux. Le breuvage mexicain a probablement pris les allures de philtre magique que Simon lui prêtait : Camille, bien alcoolisée, n'est plus du tout fâchée avec son fantôme, au contraire, elle soliloque avec lui comme avec un complice. D'accord, confie-t-elle tout en caressant les poils gris et blancs de Mina, d'accord, elle ne comprendra jamais rien à ses façons d'être amoureux à distance mais, excuse-moi Simon, avoue que tu es tordu !

Quelques gorgées de mezcal plus loin, vient une illumination à Camille. Elle bondit en jurant qu'elle a compris ce qu'il faut faire : réaliser *La Flûte enchantée* en hommage à Simon !

— Ton spectacle, tu entends, Simon, ton spectacle, on mettra en scène tes notes, tes mails, tes textos, tes discours, ta dramaturgie, tout !...

Camille proclame pour la loge et pour le monde entier – quand on est ivre, on s'adresse au monde entier – que Simon sera le véritable signataire de cette *Flûte.*

— On y verra ton Sarastro en prêcheur islamiste, promis ! Et des prêtres barbus, kalachnikov en bandoulière ! Les femmes du chœur seront en burqas. Et les Trois Garçons deviendront des enfants-soldats – ça ne tient pas debout ton hypothèse d'enfants-soldats, Simon, mais on la réalisera quand même ! Tout, tu entends, je mettrai en scène la totalité de tes élucubrations. À la fin du spectacle, le Bien ne gagnera pas, au contraire. Sarastro et sa Vérité virile l'emporteront contre la déraison féminine et le chœur final célébrera le triomphe de la Force !

Au vieux et à Danièle :

— Imaginez un peu le tableau : des hommes cagoulés et des femmes voilées de la tête aux pieds, tous en noir et mitraillette au poing, qui chantent en chœur : « *Es lebe Sarastro ! Sarastro soll leben !* Longue vie à Sarastro ! Vénérons le dictateur… » Ça aura de la gueule, non ?

Camille se tourne vers le vieux.

— Désolée, je t'ai embêté hier en te demandant de me remplacer pour la mise en scène de la *Flûte*. Excuse-moi, c'est à Simon de finir cette mise en scène, pas à toi !

Le vieux est bien alcoolisé, lui aussi. Il ne se formalise même pas et lève son verre, hop ! un gorgeon cul sec façon Simon – à son âge, tant de mezcal, ce n'est pas prudent mais tant pis. De toute façon, il n'est plus du tout dans ce coup-là. Hier, il était arrivé au Grand Théâtre avec dans la tête une confuse salade de *Flûte*, de Camille et de suicide. Depuis, ses incohérences ont été obligées de décanter. Oui, que Camille y aille, ça sera très bien son tandem avec Simon, qu'elle reprenne les répétitions dès demain à la sortie du crématorium, et qu'elle garde bien Simon au creux de son oreille !

Quant à lui, il ne restera pas au Grand Théâtre, même pas pour voir le spectacle qui sortira de tout ça : dès demain, il reprendra le train et retournera à sa vie aux côtés de Mireille.

À deux heures du matin, quand le vieux repart vers son hôtel, Danièle le raccompagne jusqu'à la sortie des artistes. Sur le trottoir, elle lui montre l'endroit où Simon s'est écrasé. Son doigt remonte lentement les vingt mètres de mur qui vont jusqu'à la terrasse et puis il redescend à toute vitesse.

— Il est tombé comme ça, jusque-là.

Les éboueurs et une pluie d'été ont tout balayé du drame, même les taches de sang, et ne reste plus sur le trottoir que le bouquet de fleurs que Danièle renouvelle tous les jours depuis samedi.

Le vieux repart à pied. Il a besoin de marcher après cette soirée à parler d'amour et de fantômes. Et si c'était ça, le vrai, se demande-t-il en se retournant et en regardant de loin le Grand Théâtre – les contes des conteurs et des conteuses, le spectacle que Camille va faire tel que Simon le voyait, et les fleurs de Danièle ?

Une fois que la silhouette du vieux a traversé la place du Théâtre, Danièle rentre, referme soigneusement la porte, puis va prendre deux couvertures dans les loges – une pour la metteuse en scène, l'autre pour elle-même – avant de retourner dans la loge où Camille dort déjà effondrée dans son fauteuil. Avant de s'allonger elle-même sur le canapé, Danièle retourne vers l'entrée des artistes et pose à l'envers un balai devant la porte – superstition d'accord, mais il ne faut pas mégoter avec les morts. Le mieux serait d'ailleurs d'emplir une calebasse avec des grains de sable de telle sorte qu'avant d'entrer dans la loge l'esprit du mort soit obligé de compter tous les grains – il n'y a presque aucune chance qu'il y arrive avant l'aube. Comme elle ne dispose ce soir ni de calebasse ni de sable, Danièle décide, outre la parade du balai, de détourner l'âme de Simon avec ce qu'il reste de mezcal. Elle pose la bouteille à moitié vide devant le petit autel qu'elle a confectionné à la mémoire du jeune comédien : sûr, le fantôme de Simon s'y arrêtera !

7.

— Vous croyez, vous, que Dieu pourra ressusciter les cendres le jour du Jugement dernier ?

Danièle n'a pas confiance dans les nouvelles modes funéraires. Pour les ossements, elle voit très bien le tableau : Dieu qui appelle les morts à sortir des tombes, et ils se relèvent, lumineux, tout de blanc vêtus. Ce sera grandiose ! Mais pour les cendres – des cendres dispersées n'importe où –, comment il va faire, Dieu ?

Le vieux ne croit pas à la vie éternelle, mais comme il ne veut pas choquer Danièle, il ne dit rien de son athéisme – quand tu es mort, tu es mort, point final. Lui, il sera incinéré. Mireille, sa femme bien-aimée, aussi. Ils finiront tous les deux en cendres qu'on mêlera dans une même urne – si toutefois il y a quelqu'un pour y penser après leur mort.

Alors que la voiture est arrêtée à un feu rouge qui s'éternise, Danièle revient sur le sujet : faute de tombe à fleurir, elle aurait préféré conserver les cendres de Simon sur la terrasse du Grand Théâtre. Au moins

Dieu saurait-il où les trouver le jour venu – encore une preuve que la théogonie de Danièle fourre dans un même sac le Dieu des chrétiens et les dieux du théâtre.

Voilà maintenant que, sans bien savoir ce qui leur a pris, Danièle et le vieux chantent dans la voiture qui les conduit vers la gare :

Je veux qu'on rie, je veux qu'on danse
Je veux qu'on s'amuse comme des fous.

Ils retrouvent les vers du Brel de leur jeunesse :

... Je prends le train pour le bon Dieu
Je prends le train qu'est avant le tien
Mais on prend tous le train qu'on peut.

Rire et chanter, ça fait du bien.

Rien durant la cérémonie de ce matin ne s'est montré à la hauteur du comédien qu'on incinérait : crématorium cheap, musiques convenues, tralalas funéraires nuls, ni le frère de Simon ni l'équipe du Théâtre n'avaient pris en main la cérémonie. Heureusement qu'au foyer du Grand Théâtre, où l'on s'était ensuite retrouvés, il y avait eu les fars et les crêpes de Danièle, plus du cidre – Danièle n'avait pas osé proposer « le » tequila cher à Simon pour qu'il y ait au moins un clin d'œil de fait à son fantôme. La mort était une fois de plus passée, triste et plate.

Un sentiment d'inachevé hantait la voiture quand ils étaient partis vers la gare ; ils ne trouvaient pas les mots pour parler juste, alors ils avaient commencé avec des chansons :

La Mort qui nous attend, l'amour que l'on appelle
Et si lui ne vient pas, elle viendra toujours
La Mort...

C'est un des couplets de Léo Ferré que Simon avait écoutés avec Danièle sur la terrasse. Le vieux murmure dans sa barbe plus qu'il ne chante – mais les ondes, même pudiques à l'excès, Danièle sait les capter – et ça l'encourage :

La Mort c'est la beauté, c'est l'éclair vif du sabre
C'est le doux pentothal de l'esprit et des sens
La Mort.

Les couplets lui viennent dans le désordre, mais ce n'est pas un problème.

Mais qu'advient-il de ceux qui vont à sa rencontre ?
La Mort...

Arrivés sur le parking de la gare, ils psalmodient encore tous les deux à voix haute cette conclusion provisoire :

Mais qu'advient-il de ceux qui vont à sa rencontre ?

Le dépose-minute n'est pas de mise en de pareils moments.

— Je viens avec vous jusqu'au train, décide Danièle.

Que le vide de la cérémonie de ce matin ne referme pas bêtement sur eux l'étroite fenêtre qu'entrouvre chaque mort pour les vivants ! Tout en empruntant la rampe d'accès au parking en sous-sol, ils chantent leur rengaine :

Mais qu'advient-il de ceux qui vont à sa rencontre ?

Le tableau lumineux des arrivées et des départs annonce trente-cinq minutes de retard pour le train du vieux. Très bien ! Ils prennent pour une chance ce retard de la SNCF – leur rituel improvisé avec des chansons va pouvoir continuer. Comme il n'est pas possible de se retrouver platement au buffet de la gare, ils achètent deux sandwichs plus une boisson, empruntent le passage souterrain et vont s'asseoir à l'écart sur le quai C.

Danièle, sans détour, au vieux :

— Vous pourriez vous suicider, vous ?

— Ce serait mieux de mourir volontairement plutôt que de laisser une maladie me dévaster…

— Vous êtes déprimé ?

— Si je pense à ma mort, je me gâche la vie. Si je n'y pense pas, je m'aveugle. Si j'en parle aux autres, je pourris la conversation. Si je n'en parle pas, c'est comme si j'évitais le plus important. Comment trouver le bon angle pour parler de la mort sans frime ni déprime ?

Le vieux s'excuse de parler comme ça.

— Pas de problème, pas de problème ! maugrée Danièle – pour elle, c'est tellement plus simple, la mort viendra et puis c'est tout.

Le vieux a soif. Il ouvre sans précaution la bouteille de Coca Light achetée tout à l'heure, et les bulles fusent en une intempestive éjaculation qui asperge son jean et ses pompes. Les voyageurs sur le quai en face se marrent à la vue de l'empoté trempé qu'il est maintenant. Mais non, le vieux a une illumination : ce n'était pas une maladresse, c'était une libation ! Il marche jusqu'à la voie ferrée devant lui et verse une seconde rasade du breuvage amerloque sur les rails.

— À toi, Simon !

Puis, en se retournant vers Danièle :

— Je n'arriverais pas à me jeter sous un train. Pas plus qu'à me balancer du haut d'un Théâtre.

En regardant le ciel, vers le fantôme de Simon :

— Chapeau à toi !

Pour faire bon poids, le vieux asperge le ciment du quai d'une autre dose de Coca et conclut :

— Moi, je ne pourrais pas me suicider sans aide.

Danièle alors :

— La keben raconte que l'Ankou est monté sur la terrasse pour cette raison, aider Simon, il avait besoin d'assistance.

Sur le quai A, juste en face d'eux, un couple se dispute. L'homme se cramponne à une femme pour l'empêcher de partir par le prochain train. Elle tente de lui échapper. Il la rattrape. Elle crie. Trois personnes s'approchent du couple en crise, entre curiosité et velléités d'intervention. Quand la femme en profite pour se dérober et filer vers l'intérieur de la gare, l'homme la poursuit.

Le vieux :

— Vous croyez que Simon harcelait Camille ?

Danièle, avec un sourire moqueur pour la question :

— Les contes de la keben n'en disent rien…

Elle se penche vers son cabas et en sort une lettre.

— Tenez, lisez plutôt la lettre que Simon m'a envoyée.

Une feuille à petits carreaux, une écriture serrée à l'encre – Simon n'écrivait qu'au stylo plume, une autre de ses coquetteries – pas de date, pas de titre, rien que des paragraphes. Le vieux commence à lire : « Célébration sur le toit du Grand Théâtre. *Eins zwei drei Ein*, Papageno ôte manteau, veste, chaussures, une chaussette, une jambe de pantalon... »

Danièle interrompt la lecture muette du vieux :

— À voix haute, s'il vous plaît !

Le ton impérieux de Danièle sonne comme une injonction : que le vieux ne s'imagine pas qu'il est en train de fouiller dans les petits secrets de Simon : on est en plein rituel, maintenant !

— Reprenez !

Un metteur en scène ne parlerait pas autrement. Le vieux obéit à Danièle et le texte prend alors vraiment corps, pour lui qui le prononce comme pour qui l'écoute – il n'y a, objectera-t-on, pas d'autre auditeur que Danièle sur ce quai, mais à vrai dire, on ne sait jamais avec cette femme, elle pourrait tout à fait avoir trimballé en douce jusqu'ici les fantômes du Grand Théâtre. À voix forte donc :

« Célébration sur le toit du Théâtre. *Eins zwei drei !* Papageno ôte son manteau, sa veste, ses chaussures, ses chaussettes, une jambe de pantalon, le voilà exhibitionniste équilibriste qui trébuche à cloche-pied sur sa terrasse. *Eins zwei drei !* Et hun et deux et trois – bien aspirer le "h" s'il vous plaît et pas d'hésitation pour se préparer ! Pas de pathos, pas de regret, pas de rage, pas de désespoir – pas d'espoir non plus, juste sauter à la fin. Zut, pour enlever l'autre jambe du froc, Papageno s'emmêle. Il se rétablit et c'est reparti, *Eins zwei drei*, la chemise, le caleçon et voilà le clown ridicule en chaussettes et maillot, ils sont pitoyables les hommes nus en mi-bas, vite quitter ça aussi. “J’ai vu ta bite ! pleurent de rire les goélands” “Quoi ? Clown porno ? C’est un oxymore !” réplique le saltimbanque au bezingogne si glacé que recroquevillé même pas demi-mou (c’est qu’ils sont froids les toits des Théâtres la nuit !). *Eins, zwei, drei*, petits bonds de plus en plus près du parapet – sans trembler SVP ! *Eins zwei drei*, dernière couche à enlever, le maillot, *Eins, zwei, drei*... Papageno nu lance ses fringues dans le vide. D’abord la pelure qui pique en direction de la place, emphatique vol plané, vingt mètres de chute, ensuite une chaussure – tombée ? pas tombée ? aucun retour d’en bas, rien, la pompe ne remonte pas ni l’écho. Toi non plus tu ne remonteras pas quand tu sauteras. Le clown continue quand même, le futal, le marcel, le calcif, tout ça jeté à grands gestes. *Eins, zwei, drei*, pas d’pathos, Papageno, d’abord c’est une valse, pas un enterrement, et hun et deux et trois, et *Eins und zwei und drei*... Le voile en coton noir de la chemise devient montgolfière dans une bourrasque venue comme par hasard de noroît, et ses deux manches s’agitent pour un dernier abrazo. *Suerte !* Rien à dire, à poil debout sur le parapet, ce clown a du style... Et maintenant, il faut sauter ! Pas de pathos, pas de rage, pas d’espoir, juste sauter, rien que ça, encore deux secondes de vol plané flanqué nu d’une escadrille de goélands qui se moqueront de toi et puis scratch en bas, ce sera fini, petit tas tordu écrabouillu foutu. »

L’assourdissante irruption d’un train dans la gare couvre les derniers mots. Le vieux rend la lettre à Danièle sans commenter – que pourrait-il dire d’ailleurs ? – et il se dirige à la hâte vers son wagon. Danièle le suit : elle a quelque chose à ajouter. Le vieux est déjà monté dans la voiture quand elle crie dans sa direction :

— Et si, dans le conte, c'était la keben ?

Le vieux ne comprend pas.

— La keben quoi ?

— Et si c'était la keben qui avait aidé Simon, pas l'Ankou mais la keben…

La voix de Danièle est couverte par la sirène intérieure du train : « Attention à la fermeture automatique… » La porte du wagon se ferme et le train démarre.

« Keben, keben, keben », se moquent les roues du convoi tandis qu'il quitte la gare.

TROISIÈME PARTIE

UNE DERNIÈRE IMPRO

1.

Quelques années plus tard.

Jean-Michel est maintenant octogénaire. Ses cheveux ont encore blanchi, ainsi que sa barbe. Sa carcasse s'est tassée, ses dernières dents sont tombées. Le vieux est vieux, c'est un fait dont il s'accommode enfin. Mireille s'est moquée : « Alors, ton andropause, c'est terminé ?
— Je crois même que j'ai fait ma gérontopause ! » a-t-il répondu – pour son passage au quatrième âge, il a bricolé le concept. Il en a fini avec ses vaticinations sur l'âge qui avance ; il ne se surnomme plus « le vieux » et c'est un soulagement pour Mireille : même ironique, ce sobriquet inlassablement ressassé avait quelque chose de pesant.

Ce n'est pas que Jean-Michel en soit venu à célébrer la vieillesse. Il déteste de ne plus pouvoir grimper les escaliers quatre à quatre. Il souffre de mille petites douleurs quotidiennes. Il en a marre des pilules à prendre tous les jours – circulation sanguine, thyroïde, hypertension, prostate, vertiges, céphalées, etc. Il a horreur de son sexe qui fout le camp. Il est horrifié de se voir chaque jour plus moche dans le miroir de la salle de bains. Mais tant pis, il a décidé, *volens nolens*, d'aimer le plus possible son présent et il s'applique à en savourer chaque merveille – six aujourd'hui, par exemple : un reflet de soleil sur le fleuve, le chant d'un rossignol dans le petit bois derrière la digue, trois pages suffocantes de beauté dans le roman de Jón Kalman Stefánsson qu'il est en train de lire, un choral de Bach (toujours lui !), une heure à parler avec Yves sur un banc place des Halles et, comme chaque jour, des dialogues inépuisables avec sa Mireille. Ne plus penser en arrière – ni à *La Flûte enchantée* qu'il n'aura jamais mise en scène, ni aux autres rêves artistiques inaboutis, ni aux femmes que jeune il aurait rêvé d'aimer. Quant à demain, c'est devenu une évidence simple : le jour où il faudra mourir, eh bien, ce sera comme ça !

Que s'est-il donc passé pour que Jean-Michel accède à pareille sérénité ? « J'ai eu de la chance », dit-il. Si on cherche à savoir depuis quand, il pense tout de suite à Simon sans bien pouvoir expliquer pourquoi. Il pense aussi à Danièle, au Grand Théâtre et à tout ce qu'il a pigé là-bas. Ce présent pour les cinq ou dix dernières années qu'il lui reste à vivre s'est imposé à lui dès son retour du Grand Théâtre. Il n'est pas sûr d'avoir compris grand-chose au pourquoi de la mort de Simon, ni même au comment. Il n'a rapporté aucune certitude des contes de la keben. Si ce n'est celles qui se sont imposées à lui comme un programme pendant le voyage en train : Mireille, le piano et le suicide assisté.

La première chose qu'il avait faite à son arrivée chez lui avait été d'aller vers son piano, de le débarrasser du rideau de soie safran fané qui le protégeait de la poussière depuis des années et de se mettre à travailler sa technique. Il avait fait des gammes ce jour-là comme un forcené, en *do*, en *ré*, en *mi*, à une main, à deux mains, à la tierce, des gammes chromatiques et puis des arpèges et puis des enchaînements d'accords. Quitte à souffrir à chaque note, il s'était obligé à plonger dans les exercices techniques qu'il avait abandonnés depuis plus de vingt ans ! Les moments affreux qu'il avait passés deux jours plus tôt dans la salle de répétition du Grand Théâtre – tout seul d'abord à bredouiller des souvenirs confus sur le Yamaha de la salle de répétition, puis avec Camille à ne pas même oser pianoter devant elle – lui avaient mis le nez sur l'essentiel : jouer à nouveau. Il y avait urgence pour son âme et pour sa vie à retourner à la musique !

Ces retrouvailles avec le clavier avaient été douloureuses – une passion abandonnée ne peut se retrouver souriante et sans reproche à l'endroit exact où elle a été plaquée –, mais il n'avait pas lâché. Quand, deux heures plus tard, Mireille était rentrée à la maison, les mains arthritiques de Jean-Michel lui faisaient souffrir mille morts, ses pouces étaient maladroits, ses poignets lourds et, pire que tout, ses anciens défauts techniques revenaient le narguer. Acharné comme il l'était à ce moment sur son clavier, Jean-Michel n'avait pas entendu sa femme ouvrir la porte. Elle s'était approchée en silence, heureuse de ce désir de piano avec lequel Jean-Michel revenait du Grand Théâtre, et elle avait doucement posé les mains sur les épaules de l'interprète retrouvé. Une immense sensation de joie avait alors inondé Jean-Michel. Il avait penché la tête en arrière et l'avait appuyée contre la poitrine de Mireille, avec un beau sourire de gratitude sur le visage. Il avait ensuite levé les mains vers le ciel et murmuré comme il aurait fait une demande en mariage : « Si tu veux bien, Mireille, ma vie désormais ce sera toi, toi plus que jamais. » Et puis il s'était levé pour étreindre sa Reine : « Toi et la musique ! »

Une joie nouvelle leur arrivait. Elle allait probablement durer quelques années encore – une belle éternité quoi ! –, jusqu'au jour où viendrait l'heure de leur mort.

Après cet éblouissement des retrouvailles, Jean-Michel s'était rassis et avait repris ses gammes. Mireille est chanteuse, elle connaît les difficultés des musiciens. « Détends-toi, lui a-t-elle soufflé en silence debout derrière lui, tout contre lui. Détends tes bras, détends ton âme et alors la musique te viendra encore mieux. » L'amour aussi vient mieux comme ça.

Ce soir-là de son retour du Grand Théâtre et après qu'ils eurent infiniment joui de se retrouver, de se toucher, de s'aimer, de se sourire, de se parler comme de se taire longuement main dans la main, Jean-Michel avait raconté à Mireille cette folle *Flûte enchantée* que Camille allait mettre en scène là-bas sous le parrainage de Simon et de son fantôme. Et puis, il avait fait cet aveu : quant à lui, ça y était, il en avait fini avec *La Flûte enchantée* ! « Tu te rends compte, il aura fallu que le suicide de Simon interrompe les répétitions au Grand Théâtre et que Camille me demande de la remplacer pour que je comprenne enfin que non, le plus urgent pour moi maintenant, ce n'était plus la *Flûte* ! »

Pendant leur balade le long du fleuve, Jean-Michel a aussi raconté à Mireille ses retrouvailles avec la jeune

Camille – trente ans de moins que lui, ça la rend jeune même si elle est bientôt quinquagénaire. Oui, il aime Camille, comme sa fille – « plus encore, tu l'as certainement deviné ». Mireille a posé alors un doigt impératif sur les lèvres de Jean-Michel : « Chut ! » Chut ! Pas un mot de plus sur cet amour, puisqu'il ne s'est jamais fait ni même dit ! Plutôt que tes sottises d'inhibé, raconte-moi le reste de ton voyage. Et les deux vieux amoureux avaient repris leur marche, quatre ou cinq kilomètres main dans la main, face au soleil qui n'était pas encore couché tandis que les chants des rossignols et des merles repartaient dans les arbres après les pesantes chaleurs de la journée.

Jean-Michel avait raconté Danièle à Mireille : Danièle et sa terrasse, Danièle et sa loge, Danièle et ses contes : « Elle joue un rôle formidable dans ce Théâtre. Elle accueille, elle fleurit, elle cuisine, et quand elle te sort ses histoires de keben, de dieux qui puent et d'Ankou qui traverse les rêves, tu te prends à vouloir la croire ! »

De Simon, Jean-Michel a aussi rapporté à Mireille la légende – sa beauté, ses talents d'improvisateur, ses jeux, sa gaieté, ses mystères, ses inhibitions et son alcoolisme. Oui, probablement Simon était-il amoureux de Camille et peut-être l'avait-il même harcelée. Sans doute était-il malheureux, mais se suicide-t-on encore aujourd'hui pour un chagrin d'amour ? D'autres facteurs avaient certainement joué, entre névrose et désespoir existentiel.

Arrivé à ce point de son récit, Jean-Michel s'est arrêté de marcher pour prendre les mains de Mireille dans les siennes et la regarder dans les yeux : sans qu'il puisse désigner la cascade des causes et des effets, sans qu'il sache trouver un lien entre le suicide du jeune Simon et leur vie de vieux, il lui a déclaré qu'il revenait du Grand Théâtre avec une certitude nouvelle : « Si tu meurs, je me suiciderai. »

Mireille et Jean-Michel avaient bien sûr déjà abordé par le passé la question de leur mort, mais ils ne l'avaient jamais trop creusée – « il n'y a pas de raison de se presser ! » s'étaient-ils toujours interrompus à mi-chemin de leur réflexion. Ce soir-là, ils ont poussé plus loin cette conversation difficile. La conclusion s'imposait : il leur faudrait se suicider en même temps s'ils voulaient rester ensemble jusqu'au bout. Réalisme, romantisme, stoïcisme : voilà qui aurait de la gueule en plus ! Ils ont pris cette grande décision et puis ils se sont roulé une longue pelle au bord du fleuve, tels deux jeunes amoureux qui décident de vivre ensemble et puis de s'offrir un dernier plaisir.

« Merci, Simon ! » a salué Jean-Michel en direction du bataillon de goélands qui patrouillait par là comme par hasard. « Chiche, on s'en occupe tout de suite ? » Chiche ! Dès leur retour chez eux, ils ont adhéré par mail à l'ADMD (Association pour le droit à mourir dans la dignité) et encore à l'association Mort choisie – comme si cotiser à deux organisations au but similaire pouvait donner encore plus de force à leur souhait.

Se souvient-on seulement de l'époque – pas si ancienne que ça mais à l'allure déjà très archaïque – où le suicide assisté était interdit en France ?

C'était à chacun de se débrouiller, alors ! Balancez-vous, disait en creux la loi aux vieux, suicidez-vous si vous tenez absolument à échapper à une mort trop lente à venir ou trop douloureuse. Pendez-vous comme l'a fait votre amie Morgane, tirez-vous une balle comme l'octogénaire Stephen, avalez du poison comme Anne, passez sous un TGV comme le petit vieux de l'immeuble en face, asphyxiez-vous au gaz d'échappement de votre bagnole, soûlez-vous et perdez-vous en forêt par une nuit de grand froid – à chacun d'agir selon sa névrose, ses moyens et son désespoir. Bien entendu, sous-entendait aussi la loi, faites une tentative de suicide si vous y tenez, mais ce sera sans garantie de réussite. Si vous vous ratez, on vous rafistolera, promis ! Libre à vous de recommencer ensuite, sauf qu'on peut parier que vous hésiterez et même qu'à la fin vous mourrez comme tout le monde, d'un cancer, d'une pneumonie ou de gâtisme.

Pour une aide au suicide, il fallait en ce temps-là aller à l'étranger, la Belgique ou la Suisse par exemple. Mireille et Jean-Michel se sont renseignés sur les circuits à emprunter, puis ils ont mis de côté la documentation voulue – l'entreprise promettait d'être compliquée, mais rien ne pressait n'est-ce pas, ils y repenseraient plus tard. Ils avaient tellement de choses à vivre encore avec leur amour, la musique et leurs amis !

Dès le lendemain de son retour du Grand Théâtre, Jean-Michel a passé l'aspirateur sous son piano, dépoussiéré l'intérieur de l'instrument, nettoyé à l'alcool chacune des quatre-vingt-huit touches, téléphoné à l'accordeur, et puis il s'est remis aux gammes ainsi qu'au déchiffrage. Il a même humblement repris quelques cours de piano et de solfège auprès d'un prof de l'École de musique.

Après trois semaines de travail, il a osé proposer un rendez-vous à Mireille pour un quatre mains. Le jour venu, il s'est retrouvé devant elle aussi intimidé qu'il l'avait été voici plus de cinquante ans quand ils avaient fait l'amour pour la première fois. Au moment d'ouvrir la partition qu'ils allaient jouer, une phrase étrange lui est montée aux lèvres, une phrase ressuscitée de sa lointaine enfance catholique : « *Domine non sum dignus...* Seigneur, je ne suis pas digne, mais dites une seule parole... » Il a bredouillé ces mots en s'asseyant à gauche de la musicienne : « Je ne suis pas digne... » Mireille avait pouffé de rire : « Mais qu'est-ce qui te prend avec ce charabia de curé ? Joue plutôt ! »

Mireille n'est pas reine pour rien. Sa présence musicale aux côtés de Jean-Michel allait être généreuse et d'une infinie patience. Leur bonheur d'être ensemble en a encore grimpé d'une marche. Des habitudes se sont prises : il travaille ses partitions tout seul le matin – ses lacunes techniques lui font honte exactement comme il a honte de ses fesses avachies. Il retrouve Mireille l'après-midi pour leur quatre mains – Mozart, Schubert, Dvorak, Fauré, etc. Mireille rayonne – Mireille rayonne toujours quand elle fait de la musique – et lui, il est inondé par sa lumière sonore. Elle le tire, elle l'anime. Du coup il parvient à jouer vraiment – joies du jeu sans autre ambition que le plaisir de jouer. Il a enfin accédé à une musicalité adulte – un peu comme à un autre âge de sa vie on eût parlé de sexualité adulte. In extremis !

Quelques années se sont écoulées ainsi pour Mireille et Jean-Michel, bercées par la musique, les amis, les activités associatives locales, les lectures et les promenades le long du fleuve. Que du bonheur ! A continué aussi, forcément, la vie avec ses bombes – elles ont été de plus en plus nombreuses à tomber sur les amis de leur âge. Sans oublier les tempêtes qui ont ravagé les populations civiles à la télévision, les crises sociales, les régressions démocratiques un peu partout sur la planète.

Jean-Michel et Mireille ne comprennent plus grand-chose à ce monde, non qu'ils le désertent, mais ils ne savent plus trop quelle place y trouver.

Début 2020, un nouveau virus est venu dévaster la planète, un coronavirus. Comme tout le monde, la peur les a envahis – une idiote peur de mourir, vraiment idiote après tout ce qu'ils s'étaient dit sur la mort, mais c'était comme ça. Et surtout ils ont eu peur d'être séparés, chacun seul dans son lit d'hôpital jusqu'à la fin. Quand les premiers signes de la maladie sont apparus chez Jean-Michel, il a fait l'autruche, comme si sa perte d'odorat (son anosmie, aurait dit Simon), sa fièvre, ses courbatures et ses maux de tête n'étaient que de banals signes de grippe. Une semaine plus tard, des douleurs au thorax et une fatigue extrême le terrassaient tandis que Mireille tombait malade à son tour. Il leur a fallu appeler le 15. Brutal changement de vitesse alors : ambulance, scanner, prises de sang, urgences, ascenseur, courses de brancards d'un étage à l'autre dans les services, transferts qui vous tombent dessus en cascade, à n'y rien comprendre. Mais que faire à leur âge du fond de leur fièvre et de leur angoisse ? En moins de deux heures, les deux vieux qui s'imaginaient finir sublimement leur vie main dans la main se sont retrouvés séparés – Jean-Michel, avec sa détresse respiratoire aiguë, expédié dans un service de réanimation puis dans le coma, tandis qu'on envoyait Mireille, un peu moins atteinte, dans le service voisin pour une assistance respiratoire. À peine un couloir d'hôpital les séparait, mais le vide de leurs agonies solitaires est devenu comme un gouffre.

Miracle ! Quelques semaines plus tard, ils sont ressortis l'un puis l'autre de l'hôpital, avec cent douleurs nouvelles venues s'ajouter aux anciennes, mais vivants. Et avec une certitude absolue pour leur avenir de vieux : pareil miracle ne se reproduirait pas deux fois. S'ils tenaient vraiment à mourir ensemble et assistés plutôt que dans le désordre et la solitude qu'ils venaient de connaître, il leur faudrait préparer sérieusement leur suicide.

Imaginons ici pour la suite du roman que, peu de temps après les premières vagues de la Covid – c'est-à-dire en 2022 ou 2023, ou même en 2027, peu importe après quelle présidentielle pourvu que ce soit assez rapidement et qu'à leur âge notre Mireille et notre Jean-Michel puissent encore espérer en bénéficier –, imaginons donc qu'une nouvelle loi autorise enfin le suicide assisté en France. Une improbable conjonction de courants d'opinion plus un vote courageux au Parlement auront facilité l'émergence de cette législation libérale – humanisme chez les uns, réalisme chez d'autres et peut-être même eugénisme douteux chez certains. La société française envisage désormais la mort autrement que sous le seul angle médical ou religieux et nos deux vieux peuvent organiser leur mort comme ils l'entendent sans avoir à partir à l'étranger. Imaginons.

Alors, quand, un peu plus tard, l'un présenterait les premiers signes d'un cancer – l'autre peut-être pas, mais ce qui va pour l'un irait forcément pour l'autre –, ils entendraient plus facilement le signal, l'heure de mourir qui sonne ! D'accord, ils auraient volontiers vécu encore longtemps ensemble – « cent ans, mille ans de plus encore avec toi ! » se seraient-ils murmurés. Mais les dizaines d'années qu'ils ont passées ensemble en amoureux ont été si belles ! Alors, ce serait assez simple de mourir.

Merci la vie et merci la nouvelle loi !

Au point où nous en sommes maintenant dans le roman, Mireille et Jean-Michel auraient alors tout « finalisé » comme on dit pour les démarches administratives – dossiers médicaux, papiers administratifs, virements bancaires, etc. – et les voilà qui s'apprêteraient à partir tout à l'heure en direction de la capitale régionale où on va pouvoir les assister légalement pour leur suicide.

2.

Depuis que ce rendez-vous est fixé, leur calendrier intime a pris de nouvelles couleurs, étonnement sereines. Ils s'appliquent par exemple à savourer chacune de leurs dernières fois – la dernière expo au musée ; la dernière virée au bord de la mer ; le dernier marché aux fruits et légumes ; hier après-midi, la dernière sortie au cinéma d'art et d'essai (pour l'occasion un Bergman, *Fanny et Alexandre*, exactement l'enchantement dont ils avaient besoin). Est venue aussi hier soir la dernière nuit dans leur lit, avec les derniers câlins, les derniers « bonne nuit, mon amour », « bonne nuit, ma reine » – plus un somnifère pour être certains de s'endormir sans ressasser mille questions sans réponses. Ce matin, dernier petit déjeuner à la maison, dernière vaisselle, dernière douche, derniers courriers relevés, dernier coup de ménage, dernière traversée de la maison.

Il arrivera à chacun d'entre nous de quitter une pièce et ce sera pour la dernière fois. Probablement ne le saura-t-il pas à l'avance, alors que, eux, ils savent : ils vont partir tout à l'heure en direction de leur dernier rendez-vous avec la vie : leur mort volontaire. Avant, ils font encore une fois un tour de la maison, pièce par pièce, souvenir de bonheur quotidien après souvenir.

Ils commencent par la terrasse, leurs mains posées côte à côte sur la balustrade. Ils ne se regardent pas, pas besoin. Tendresse tranquille – bien plus qu'ils n'avaient craint. Sous leurs yeux, les platanes du quai ont retrouvé leurs feuilles de printemps. Les eaux du fleuve coulent, lentes, vertes et épaisses. Le débit des eaux est bas – chaque année, c'est plus inquiétant, un journal local a même dit que la navigation pourrait être un jour prochain interdite aux bateaux de fort tonnage. Avantage du rendez-vous de demain : ils n'auront pas à connaître les effets du réchauffement climatique et ils ne mourront pas grabataires sous un climat insupportable – soulagement égoïste d'accord, mais soulagement dont ils se donnent le droit.

L'heure de la récréation vient de sonner dans l'école voisine. Les jeux et les cris des enfants inondent le quartier. Quand Jean-Michel était petit, les martinets sillonnaient le ciel devant la fenêtre de sa chambre tandis qu'il faisait ses devoirs. Il y avait un nid d'hirondelles dans la cour. Leur retour chaque printemps était célébré à la maison comme un signe du ciel. Soixante-dix ans plus tard, quand est venue l'heure de la retraite et qu'il a déménagé avec Mireille vers le Midi, Jean-Michel avait espéré trouver un nid d'hirondelles accroché au toit de leur nouvelle maison. Il rêvait : on n'entend plus guère aujourd'hui d'oiseaux en ville ni même à la campagne. Le mois dernier, il a signé rue de la République une pétition nationale pour la sauvegarde de la faune. En sortant son stylo, le vieux schnock a péroré : « Les chants d'oiseaux, vous avez raison, c'est essentiel ! » L'ancien de la musique contemporaine songeait à Messiaen alors que la militante qui collectait les signatures pensait à l'avenir de la planète. Malentendu donc, mais quelle importance ? La jeune femme a remercié Jean-Michel avec un beau sourire et le vieux est reparti aux anges.

Il fait grand soleil maintenant, alors ils ouvrent le parasol rouge sur la terrasse. Mireille n'a pas peur de la chaleur mais lui si, même aujourd'hui. Mi-ombre mi-soleil donc, lui à gauche, elle à droite. Comme lorsqu'ils sont à table, comme quand ils marchent ensemble, comme… Depuis quelques jours, ils se surprennent souvent à interroger ainsi leurs habitudes – même la place des brosses à dents sur le lavabo, celle des verres après la vaisselle, celle des clefs de la voiture, du courrier le matin qu'il range, lui, sur la pile de partitions qui encombre le piano, tandis qu'elle dépose plutôt les lettres sur le tabouret –, mille détails conjugaux qui n'ont probablement aucun sens ou peut-être que si, mais de toute façon ça n'a aucune importance, ils ont très bien vécu avec. Le rendez-vous de demain qu'ils ont pris avec leur mort est devenu prétexte à ces coups d'œil attendris, voire complaisants vers ces minuscules choses de leur vie quotidienne.

Leur dialogue sur la terrasse bifurque maintenant vers les livres à emporter dans le train. Pour l'occasion, dit-il, il vaudrait mieux choisir une lecture pas chiante. Un polar alors ? Oui, ça se lit tout seul, mais finalement non, il ne veut pas finir sa vie de lecteur avec des pages qui pourraient être dénuées d'ambition littéraire. Un classique alors ? Oui, mais lequel ? Il hésite, puis il décide finalement qu'il passera chez leur libraire préféré pour y acheter une nouveauté – un roman nouveau comme dernier achat avant de mourir. Elle, de son côté, préfère partir avec une valeur sûre : *Anna Karénine.*

Ils s'adressent un clin d'œil complice en se soupçonnant de travailler quelque peu à la décoration de leur propre tombeau : une création contemporaine plus un Tolstoï, c'est exemplaire, non ?

Ils descendent jusqu'à leur chambre. En passant devant le lit qu'ils font ensemble tous les matins depuis des années, une vive émotion les gagne et ils se retrouvent dans les bras l'un de l'autre. Chacun pleure – les larmes aussi sont inévitables aujourd'hui. L'amour, ils l'ont fait ici pour la dernière fois il y a huit jours. Comment ? Oh, rien d'inoubliable – elle, sa chatte est assez endormie comme elle a dit et lui, il bandait mou. Mais tout de même, pour une probablement dernière fois, c'était pas mal. Et puis ils ne s'attendaient pas à ce que du sexe leur tombe ainsi dessus pendant la redif à la télé d'un concert d'Abbado. Du Mahler ! Jamais ils n'auraient imaginé pouvoir baiser avec pareils torrents de musique en fond sonore. L'oreille d'une main et le sexe de l'autre : ils avaient passé leur vie de classicos à croire que c'était impossible. Ce soir-là, l'élan qui les avait pris avait tout emporté et le Philar de Berlin avait mouliné tout seul dans la hi-fi jusqu'à ce que leurs corps apaisés retrouvent des oreilles. Leur baise-surprise de la semaine dernière, c'était la der des ders se sont-ils dit après, tout émus – à moins que ça ne les reprenne ce soir mais c'est peu probable.

Défilent à toute vitesse dans leur tête les mille couches qu'ils ont partagées depuis cinquante ans, les centaines de nuits à l'hôtel pendant les tournées, et puis les vacances, les chambres chez les amis, leurs six domiciles successifs… Mireille : « Là aussi, c'était toujours le côté gauche pour toi, le côté droit pour moi… » Il prévient qu'une fois de plus, demain, à l'heure du suicide assisté, il s'allongera à sa gauche. « Normal : j'ai toujours été à gauche ! Et puis, là, ce sera définitivement ! » Son humour est stupide, mais Jean-Michel est aussi comme ça.

Ils bouclent la valise – une seule suffira avec un pyjama pour lui, une chemise de nuit pour elle, et la trousse de toilette de chacun –, elle tient à emporter ses produits de beauté, rouge à lèvres, démaquillant, et même la crème antirides qu'elle passe tous les soirs sur son visage. Côté fringues, ils ont pris de quoi se faire beau et belle pour le restaurant ce soir et pour le rendez-vous ultime de demain – pour Jean-Michel, une chemise de grand-père en souvenir du jour où ils se sont connus plus le pantalon Yamamoto qu'elle lui avait fait acheter à Aix-en-Provence il y a une vingtaine d'années, plus les somptueuses pompes rouges que Momino lui avait offertes – il n'y a pas de date de péremption pour les belles fringues. Et pour Mireille, la longue jupe noire qui va si bien à sa taille de « jeune fille octogénaire », comme il lui a dit hier soir en baisant sa main.

La valise à la main, ils rejoignent le rez-de-chaussée de la maison et le piano pour un dernier quatre mains avec la *Fantaisie en fa mineur* de Schubert. Il tient les basses, une fois de plus à gauche, tandis que Mireille tient le chant – « normal, dit-il, c'est toi la chanteuse ». Il y a des semaines qu'ils travaillent cette partition, mais quand ils arrivent à l'allegro vivace, Jean-Michel n'est toujours pas à la hauteur comme pianiste. Il traîne ou fait le contraire et presse. Au fond, ça lui ressemble bien, il n'a jamais vraiment vécu tout à fait au présent, incapable qu'il est de se laisser happer par le seul instant. Il ne cesse de regarder à la fois vers l'arrière et vers l'avant – ça a des avantages dans la vie, mais, pour la musique de chambre, il n'y a rien de plus encombrant. Jean-Michel n'est jamais parfaitement dans le rythme – le temps long, celui par exemple d'un spectacle entier à mettre en scène, lui convenait bien mieux. Quand donc arrive la tourne de la page quatorze, Jean-Michel bloque, comme d'habitude. Mireille lui fait des mines : « Allez, pour cette fois, on continue quand même… » Non ! Jean-Michel ne veut pas finir avec des fausses notes. Alors, tant pis, ils sautent l'allegro vivace et passent à la page trente, à la fin de la *Fantaisie*, quand Schubert revient au premier thème – la presque même chose, comme Schubert fait si souvent, une beauté à peine et pourtant tellement différente.

Le miracle Schubert opère entre eux comme à tous les coups – Schubert, ce n'est pas rien pour s'aimer ! Après l'accord final, Mireille tend la main à son vieux, ils se lèvent tous les deux, émus, plus graves que d'habitude, leurs lèvres s'effleurent et puis ils referment le couvercle du piano – c'était une dernière fois, ça aussi.

Ils bouclent la maison après avoir laissé les clefs et les papiers de la voiture en évidence sur la table du salon.

Ils partent très en avance : pour leur dernière traversée du centre-ville, pas de bus ni de taxi, les deux vieux ont décidé de prendre leur temps et de se forcer à marcher – leur valise n'est pas lourde, elle a des roulettes, et puis il fait très beau.

Quand ils passent main dans la main devant le bistro de la place des Halles, les amis se moquent :

— Hé, les amoureux, vous partez en voyage ?

C'est vrai en un sens, mais ils se gardent de préciser que ce sera leur dernier, ça jetterait un froid. Mireille et Jean-Michel profitent du bistro pour s'asseoir – ils sont un peu essoufflés. À la télé, une campagne électorale bat son plein, mais ils écoutent à peine – ils ne se sentent plus du tout dans le coup. Dix minutes de pause, une bise à la cantonade et puis ils sortent du bistro des Halles tandis que le patron zappe vers la redif du dernier match de Liverpool.

Sur la place des Halles, deux amoureux se bécotent. Le soleil brille. Ça, c'est de l'éternel.

En chemin, ils s'arrêtent comme prévu à la librairie. Jean-Michel ne peut pas s'empêcher d'acheter deux romans au lieu d'un seul – comme s'il allait avoir le temps de lire tant de pages en moins de vingt-quatre heures ! Quand ils passent devant la vitrine du fleuriste, Jean-Michel avise des lisianthus blancs, les fleurs que Danièle assemblait si bien dans ses bouquets géants du Grand Théâtre. Il entre dans la boutique.

— Une branche, s'il vous plaît.

— Une ?

— Oui, une seule !

Le marchand est étonné, mais bon, le client est roi et il encaisse ses quatre euros. Jean-Michel détache une fleur qu'il glisse dans les cheveux de Mireille et une autre qu'il accroche à sa boutonnière. Les lèvres des deux vieux amoureux s'effleurent une fois de plus – tous les prétextes leur sont bons – et ils reprennent leur chemin vers la gare tout en veillant, autant que possible à leur âge, à rester légers, légers... Comme s'ils partaient au bal. Du panache, que chacun de leurs gestes ait du panache aujourd'hui, au moins ça !

D'habitude, ils réservent des places face à face pour leurs voyages en TGV. Pour cette occasion, ils ont choisi d'être assis côte à côte, ce sera mieux pour se tenir par la main. Ils soulèvent l'accoudoir et se serrent l'un contre l'autre. Pour plus de sérénité, ils ont avalé chacun un comprimé entier de Lexomil ce matin. Du coup, ils s'endorment à peine le train parti. Tant pis pour les dernières lectures.

Trois heures de train plus tard, ils posent leurs valises à l'hôtel – pour leur dernière nuit, ils ont choisi un quatre-étoiles du centre-ville, il faut ce qu'il faut, leur belle mort va coûter cher, et alors ? Le soir, pareil, ils dînent dans un restaurant de luxe avec moquette épaisse et terrasse les pieds dans l'eau. Au menu : tournedos Rossini pour elle, coquilles Saint-Jacques pour lui et, pour finir, deux vacherins glacés.

La nuit est tombée. La température est douce, pas de pluie, pas de vent. Ils marchent main dans la main, le long de la mer. Mireille règle son pas sur celui de son vieux – il avance beaucoup moins vite qu'elle maintenant, trois ans d'écart, au fil de la vieillesse, ça devient une différence d'âge chaque jour perceptible.

Les deux vieux amoureux ont toujours mille choses à se dire, de plus en plus même. La tendresse fusionnelle, c'est permis à leur âge. Ce soir, et bien qu'ils se soient promis à l'avance de ne pas céder à la nostalgie, mille détails de leur vie passée les assaillent. Leur reviennent mille souvenirs, tous bourrés de sentiments surgonflés – tant pis, ils ont bien le droit d'être nunuches ce soir, non ? Alors, pendant leur promenade, dégoulinent les « tu te souviens quand », et les « la première fois que », et « le jour où », et aussi les enfants, évidemment, et les amis, et les concerts, et les spectacles. Ce laisser-aller est dangereux, mais ils sont incapables d'y échapper. Des douleurs aussi leur reviennent, c'était inévitable, des prénoms, des dates, des cauchemars de leur vie passée qui insisteront jusqu'au bout. Larmes incontournables donc.

Ils slaloment ainsi entre heurs et malheurs passés mais, chance, les équilibres qu'ils ont bricolés entre eux deux tiennent bon.

Jean-Michel s'arrête de marcher, prend le visage de sa compagne entre ses mains, pose son front contre le sien et lui souffle : « Toujours. » Il l'étreint et répète plusieurs fois « toujours, toujours ! ». Il scande les syllabes, « tou-jours ! ». Il insiste comme jamais. Il y a plus de quarante ans que Jean-Michel et Mireille vivent ensemble, mais, jusqu'à ce soir, il n'avait pas trouvé le moyen de lui dire ce « toujours ! ». Des déclarations d'amour, oh, il n'en avait pas été avare, il lui en avait fait des milliers et ce n'était jamais du baratin, ses « je t'aime » étaient vrais. Mais sa génération se moquait du conjugalisme et se gardait bien des mots d'amour définitifs. Alors restaient au bord de ses lèvres les « toujours » des films en Technicolor avec vibrato de violoncelle et horizons infinis. Jean-Michel professait l'incertitude – ce qui arrangeait bien sa névrose. Il disait je t'aime et s'abstenait de parler au futur – un accident d'amour, c'est si vite arrivé ! commentait-il.

Ce soir, au bord de l'eau et de leur mort volontaire, Jean-Michel se lâche enfin : « Je t'aime, mon amour, pour toujours ! » Facile à dire maintenant, aucun risque de se tromper puisque demain ils vont mourir ? D'accord, mais tout de même, Jean-Michel ne veut pas partir sans lui avoir fait sa déclaration : « Notre amour, c'est pour toujours, c'est de l'éternel. » « Oui, toujours ! » gueule-t-il le poing levé vers les goélands qui passent au-dessus de leurs têtes en raillant, « toujours ! ». Mireille, les larmes aux yeux, pose l'index sur les lèvres du vieux en ébouriffant sa tignasse blanche. Son amour à elle est éternel depuis le début, chaque jour elle a voulu qu'il en soit ainsi, pourquoi les hommes pensent-ils d'abord aux accidents ?

L'idiot n'en a pas fini avec ses grandes déclarations – il a bu plus que de raison ce soir –, comment ne pas le lui pardonner ? « Il faut aussi que je te dise merci pour *La Flûte enchantée*… D'emblée, dès que je t'ai entendue à l'Opéra, tu as été ma Reine ! » Jusqu'à ce soir, les petits noms conjugaux n'avaient jamais été son genre, pas de « ma Reine », ni de « mon Amour », ni de « ma Chérie, mon Cœur, mon Adorée, ma Chatte… ». Même pas « mon Rossignol » selon le joli surnom que Camille enfant avait donné à celle qu'il aime. « Mireille », il ne l'a jamais appelée autrement que « Mireille ». D'où lui vient donc ce « ma Reine » qui dégouline maintenant de sa bouche ?

Il y a des décennies que les deux amoureux vivent ensemble, mais curieusement il n'a presque jamais été question entre eux de *La Flûte enchantée*. C'est pourtant grâce à cet opéra qu'ils se sont connus. Mireille était sur scène la magnifique et vertigineuse interprète des vocalises de la Reine de la Nuit – elle était émouvante en plus, ce qui n'est pas donné à toutes les Reines. Jean-Michel en était tout de suite tombé amoureux.

Sur le chemin qui longe la mer, il enlace sa Mireille et l'embarque dans une valse improbable : « T'esmarein' t'esmarein' t'esmarein' t'esmarein' t'esmarein' t'esmarein' t'esmarein'… » Il prête serment de fidélité à Sa Majesté. Mais en indécrottable libertaire qu'il tient à rester jusqu'au bout, et afin de ne pas faire passer la fidélité pour une vertu cardinale, il précise qu'en fait, il n'avait jamais eu de mérite à rester fidèle : « Jeune, je ressemblais à Simon et je n'osais pas aborder les femmes, surtout pas celles dont j'étais amoureux. Alors, quand je t'ai rencontrée, ma Reine, mes pathologies d'inhibé se sont empressées de s'accorder avec la constance voulue dans un couple. » Il déclare ça comme pour dire qu'au revers de ses médailles, il y avait des médiocrités. Jean-Michel a l'air stupide avec ces aveux qui s'entortillent tant et plus, et à la longue Mireille doit lui faire signe de se taire – mensonge ou pas, inhibitions ou pas, elle l'aime, un point c'est tout. Il l'entraîne alors vers un des bancs qui jalonnent la promenade tout en continuant sa cantilène : « Ma Reine, ma Reine de la Nuit, ma Reine de la Vie, mon Rossignol de la Nuit… » Il en bafouille, l'octogénaire, ses mots brûlent d'amour et de naïveté comme à vingt ans – tout de même un peu moins à cause de l'âge, il n'a pas mis de Viagra dans son lexique. Deux promeneurs ralentissent au passage devant ces amoureux qui se bécotent et se pelotent doucement. L'amour, c'est toujours troublant à voir. Alors si, en plus, c'est entre deux vieux !...

Le lendemain, quand vient le matin de leur dernier jour, plus rien ne semble simple. Chaque démarche, chaque geste, chaque minute pèse plus que prévu. Ils ont beau connaître par cœur le détail du programme qui les attend, depuis la consultation prévue pour commencer jusqu'à la dernière goutte de pentobarbital cet après-midi, ils sont paumés. En chemin vers l'ultime visite médicale, les deux petits vieux se serrent l'un contre l'autre au fond du bus qu'ils ont pris – ils se sont appliqués à emprunter les transports en commun jusqu'au bout, ne pas brader la planète au dernier moment. Ils n'ont plus rien du couple serein qui, hier à la même heure, savourait la lumière sur la terrasse de leur maison, plongeait avec délice dans la *Fantaisie* de Schubert et partait vers la gare une fleur à la boutonnière comme ils seraient allés à une célébration nuptiale.

« J'ai un horrible trac », dit Mireille. « Moi aussi », avoue Jean-Michel. Il enchaîne avec un souvenir de la keben – il pense souvent à elle ces temps-ci : « Simon lui avait assuré qu'avoir le trac, c'est sentir les dieux pousser en soi. » Sauf que parler des dieux au moment d'absorber la potion létale, ce n'est pas très malin. « Qu'est-ce qu'ils te font, les dieux ? » demande Mireille. Manifestement, ils n'inspirent pas le mystique contrarié. Au contraire, il flippe.

Le rendez-vous médical de ce matin doit permettre au médecin de s'assurer que mourir est bien la volonté personnelle de chacun des deux et non une mayonnaise artificiellement montée ensemble. Problème : chacun devra confirmer sa décision seul à seul devant le docteur. Ce tête-à-tête leur apparaît soudain comme un piège. Mireille est prise de peur. Le toubib ne va-t-il pas en profiter pour la faire renoncer ? Depuis que Mireille et Jean-Michel avaient décidé de mourir ensemble, les deux vieux ne pensaient et n'agissaient plus qu'en tandem, sans jamais rien faire l'un sans l'autre. Et voilà qu'au moment du tout dernier virage avant l'arrivée, le médecin va les renvoyer chacun à sa solitude originelle. Pour faire couple, il faut d'abord être deux. Ils l'avaient oublié. La piqûre de rappel est douloureuse. Mireille crise : non, il n'y a pas besoin de tête-à-tête avec le docteur, ils veulent mourir en couple, un point c'est tout ! Le médecin assure qu'il comprend ce qu'elle dit, mais le règlement reste le règlement et il doit voir chacun d'entre eux séparément. Jean-Michel tente de garder son image de mec pragmatique, il essaie de tenir des propos plus raisonnables que Mireille, mais sa façade ne tient pas et un torrent de larmes vient lui couper la parole. Il a suffi que Mireille soit paniquée pour qu'à son tour il soit envahi par pire que son trac de tout à l'heure – une angoisse qui le dévaste et qui n'a vraiment plus rien à voir avec les dieux. L'idée de la solitude le rend fou lui aussi.

Alors quand Mireille esquisse tout de même un pas obéissant dans la direction que lui indique le médecin, Jean-Michel pète un plomb. Il devient parano : le petit geste soumis de Mireille, c'est comme si Mireille tout entière le laissait tomber ! Déferlante d'angoisse en lui, il étouffe, au secours ! Et il s'enfuit. Mireille tente de retenir sa main au passage, mais non, il se détache avec brusquerie. Elle pleure, elle le supplie, mais il ne se retourne pas, au contraire, il crie – jamais depuis plus de cinquante ans qu'ils sont ensemble elle n'avait entendu Jean-Michel crier. Il hurle : « Non, non, c'est impossible ! », Mireille a failli faire un pas sans lui et ça lui est intolérable ! Il sort en claquant la porte.

Jean-Michel vient de perdre tout contrôle. Elle aussi du coup. En le voyant s'enfuir, elle imagine, la folle, que son mec l'abandonne. Paniques en miroir. Hier, Mireille disait à son vieux qu'elle ne pourrait jamais lui survivre. Et lui, il disait pareil à Mireille. Ils aimaient leur couple, ils aimaient leur amour, c'était du solide. Ce matin, au pied du mur du suicide, tout vacille – c'est précisément pour des fragilités comme celle-là que la loi oblige le docteur à recevoir deux fois les candidats au suicide assisté, pour vérifier que leur décision tient bien le coup.

Le plus doucement possible, le docteur dirige Mireille vers son cabinet et la fait asseoir dans un fauteuil. Elle se laisse guider – maintenant que son aimé est parti, plus rien n'a de sens. Le médecin prend place à côté d'elle qui pleure en silence. Un moment plus tard, Mireille bafouille entre deux sanglots qu'à l'âge qu'elle a, sa vie est fichue. Avec Jean-Michel ou sans lui, c'est pareil, fichu ! Elle veut plus que jamais mourir : « Faites-moi l'ordonnance prévue de pentobarbital, que j'en finisse, docteur. » Le médecin répond que ce n'est pas possible. Il croit bon d'ajouter qu'on ne meurt pas de désespoir comme ça, amoureuse il y a une heure et abandonnée il y a cinq minutes… « Quelle Mireille veut mourir en vous maintenant, laquelle ? » Mais Mireille ne veut pas de ce charabia de psy, c'est elle tout entière qui veut mourir ! Elle insiste, elle supplie, elle argumente, mais le docteur reste inflexible. En conscience, il lui est impossible de délivrer à Mireille l'ordonnance létale qu'elle est venue chercher. Qu'elle joigne plutôt son mari – ils vont forcément se retrouver tout à l'heure ou demain, qu'ils reparlent de ces angoisses qui viennent de les assaillir ; qu'ils ne culpabilisent surtout pas pour l'incident d'aujourd'hui, on a le droit de se rétracter, les rendez-vous médicaux sont faits pour ça, pour vérifier qu'on est bien prêts à mourir – prêt chacun, indépendamment l'un de l'autre, redit le docteur. Mireille n'entend rien de ce qu'il dit. Elle se cramponne aux pieds de la mort même si ce n'est plus du tout celle qui était prévue. « Mais je suis vieille, docteur, je suis seule, que faire d'autre sinon me suicider ? » Mireille ne veut pas comprendre que le suicide assisté, ce n'est pas pour les suicidaires.

Cul-de-sac. Mireille pleure, et le docteur patauge. Elle, elle n'avait jamais connu pareil vide dans sa vie. Et lui n'avait jamais rencontré ce genre de désespérés – ceux qui viennent le voir pour un suicide assisté sont en général très au clair avec eux-mêmes tant leur santé est dégradée.

Le médecin tend à la vieille un anxiolytique, de quoi calmer sa crise pour l'instant. Mireille se jure de ne rien avaler et part, décidée à se flinguer n'importe comment et le plus vite possible.

À peine Mireille vient-elle de sortir, le portable du médecin vibre dans sa poche. C'est Jean-Michel qui appelle, il s'excuse, il a pété un câble tout à l'heure, peut-il revenir ? Évidemment qu'il peut, le médecin l'attend – il ne dit rien du départ de Mireille et encore moins de l'état dans lequel elle est.

Jean-Michel a préparé ses arguments.

— Je ne sais pas ce que Mireille vous a dit. Mais moi, de toute façon, je veux mourir.

Les larmes ne sont pas loin, mais Jean-Michel serre les dents. Quand il cherche à savoir ce que Mireille a décidé, le médecin rappelle que ce n'est pas d'elle qu'il s'agit à l'instant, mais de lui, et de lui seul. Jean-Michel tente alors de s'expliquer. Il s'excuse, il a eu l'air de craquer tout à l'heure, d'ailleurs il a vraiment craqué, c'est bien compréhensible n'est-ce pas, il avait eu peur que Mireille vacille pendant son tête-à-tête avec le docteur et que leur plan – mourir à deux, main dans la main, une dernière marche de la vie sublimement franchie ensemble – lui apparaisse comme du romantisme à deux balles. Il avait eu peur qu'elle se laisse manipuler par le docteur. Il avait paniqué et il était parti en claquant la porte – un véritable comportement d'ado. Pardon, encore une fois, pardon. Quelques minutes plus tard, il s'était repris et il avait envoyé un texto à Mireille – Jean-Michel sort son portable de sa poche et le lit à voix haute : « Sans toi, ma Reine, je ne peux pas vivre. Avec toi, je veux vivre, et puis mourir. » Il avait ajouté en guise de signature : « Toujours ! »

— Elle vous a dit que je lui ai textoté ça ?

Le médecin fait non de la tête.

— Elle n'a pas reçu mon message ?

Le médecin ne sait pas.

— Son portable était sur silencieux ?

Le médecin ne sait pas plus.

— Alors, il faut que je la joigne pour lui dire…

Le médecin l'interrompt :

— Je dois voir chacun d'entre vous en tête-à-tête…

Jean-Michel se lève.

— Mais que vous a-t-elle dit en partant ?

— Nous sommes là pour vous, monsieur…

Jean-Michel ne l'écoute pas et appelle Mireille, l'urgent, c'est elle, pas le docteur. Mais son appel sonne dans le vide et la voix enregistrée de Mireille demande de laisser un message. Jean-Michel rappelle une fois, deux fois, c'est toujours pareil. À la fin, il dicte en pleurant son message, toujours le même : « Sans toi, ma Reine, je ne pourrais pas vivre. Avec toi, je veux vivre. » Il se rassoit, toujours en pleurs – son vernis a craqué et il ne cherche plus à faire bonne figure. Des phrases le submergent, des phrases qu'il commence et qu'il ne finit pas, ça ressemble à une séance chez le psy. « Non, je ne suis pas là pour ça ! » s'interrompt-il en regardant le médecin. Mais il continue. Quand on parle, les mots ne viennent jamais comme on imagine qu'ils vont venir. Les voilà qui font dire à Jean-Michel qu'il est de la génération sartrienne, lui, celle qui a toujours voulu être l'auteur de sa propre vie. Alors, c'est bien normal, n'est-ce pas, qu'à son âge il veuille encore être l'auteur de sa propre mort. « C'est de l'orgueil, mais trop tard pour changer !… Quand j'étais au lycée je suis tombé sur cette citation de Dickens, "*Whether I shall turn out to be the hero of my own life or whether…*", Jean-Michel trébuche, il ne se souvient plus bien. Tout de même, vous voyez, docteur, je n'ai pas tout oublié, j'avais seize ou dix-sept ans quand j'ai lu ça en anglais et je m'en souviens encore ! » Il va pour continuer, mais avant il résume : « Est-ce que je serai le personnage d'une vie qui m'aura été dictée par les événements ou serai-je l'auteur de ma propre vie ? » Il fait alors un coq-à-l'âne : « Ma traduction est rapide, mais Simon disait à la keben que les traductions approximatives, ce n'était pas grave. La keben et Simon, évidemment, vous ne connaissez pas, docteur, je les ai rencontrés au Grand Théâtre il y a longtemps. C'est à cause d'eux que j'ai compris qu'il faudrait me faire assister pour me suicider. Plus tard, quand la Covid-19 nous est tombée dessus à Mireille et à moi, on a réalisé qu'on risquait de mourir séparés. Quand il y a eu le vote de la loi qui autorisait le suicide assisté, nous avons tout de suite décidé qu'on appuierait en même temps sur le bouton du siège éjectable. C'est pour ça qu'on était venus ici, pour mourir ensemble. »

Tohu-bohu d'arguments. Le vrai du moment, c'est que Jean-Michel est seul, et que Mireille aussi, qu'ils sont l'un et l'autre en vrac et qu'ils ne vont pas mourir aujourd'hui. Rien à voir avec le cinéma romantique qu'ils s'étaient fait.

3.

Il y a maintenant quatre mois que Mireille et Jean-Michel sont revenus chez eux. Pour se remonter le moral après pareil échec, ils se sont dit que ce rendez-vous avec le médecin avait été une répétition générale. « Mauvaise générale, bonne première », dit un dicton dans les Théâtres, c'est stupide, mais ça aide à continuer.

Puisqu'ils n'avaient prévenu personne de leur « départ définitif », nul ne leur a posé de questions à leur retour et ils ont repris l'air de rien leurs petites habitudes – les marchés hebdomadaires, les siestes, quelques bouffes sympas avec des copains et des matchs de foot ou des corridas à la télé du bistro des Halles. Quand même, ils se sont défilés la semaine dernière pour l'enterrement d'Évelyne avec, pour prétexte, que pareille cérémonie serait fatigante à leur âge – en réalité, ils étaient angoissés à l'idée de ne voir devant le cercueil d'Évelyne que la cérémonie qui les attendait. Non, ils sont entrés dans l'œil du cyclone, là où les vents sont calmes, surtout ne pas revenir en arrière au risque de se retrouver en pleine tempête.

Ils ont repris le piano à quatre mains – leur ordre du jour a été plus que jamais de vivre et de faire de la musique tout en préparant leur prochain rendez-vous avec la mort volontaire assistée. Jean-Michel est parvenu à avancer dans l'allegro de la *Fantaisie* de Schubert – « Tu vois, même à mon âge, je peux encore progresser ! ».

Ils ont entamé une nouvelle procédure de lancement vers le suicide : coups de téléphone, formulaires d'inscription, certificats médicaux. Cette fois, ils calibreront soigneusement leurs propos pour chaque démarche. « De toute façon, a dit Mireille, il serait impossible de donner l'allure d'un acte totalement raisonnable à notre double demande d'assistance à la mort volontaire ! » Elle a pris les choses en main. Ce n'est pas que Jean-Michel hésite, pas du tout, mais il est toujours prêt à expliquer, à commenter et, à la fin, à s'emberlificoter. « Si chacun d'entre nous fouille bien, a tranché Mireille, il trouvera toujours en lui-même des bouts d'hésitation, des zones d'incertitude, des contradictions et des divorces intérieurs. Et alors ? Qu'est-ce que ça prouverait ? Que c'est compliqué ? Bien sûr que c'est compliqué, la mort ! »

Ils ont cent fois reparlé ensemble de cette crise qui les a secoués voici quatre mois – ils s'y attendaient si peu. Pour être loyaux avec eux-mêmes et pour ne pas se raconter d'histoires, ils se sont même obligés à faire un nouveau tour d'introspection auprès de Nicole – une vieille amie, psychanalyste retraitée maintenant, très éloignée de tout fauteuil et de tout divan mais pas encore sourde. Parler en sa présence bienveillante les a beaucoup plus bouleversés que prévu, oh oui, avec elle ils ont mesuré combien on est toujours loin d'avoir fait le tour du sujet. Ils sont retournés plusieurs fois chez Nicole, ils ont parlé de leur vie et de leur mort. De sa mort à elle aussi car, évidemment, un jour ou l'autre, ce sera son tour, et elle ne les accueillait pas pour jouer à l'analyste muette.

Fait-on d'ailleurs jamais le tour de la vie et de la mort ? Le jour où l'expression leur est venue à la bouche, Mireille et Jean-Michel se sont regardés en pensant à Schumann, *Frauenliebe und leben*, « L'amour et la vie d'une femme ». Pour eux deux, la vie, l'amour et la mort, c'est cette musique, ce repère intime qu'ils se sont trouvé il y a bientôt cinquante ans, quand Jean-Michel amoureux fou accompagnait Mireille au piano – Mireille l'exceptionnelle musicienne qui pardonnait tout à Jean-Michel, ses fautes de mesure et même les horribles clopes qu'il gardait au bec tout en déchiffrant le cycle de lieder. À ce souvenir, ils ont aussitôt fouillé leur bibliothèque musicale pour en exhumer la partition et reprendre ensemble une fois de plus le cycle de Schumann – la musique, c'est tellement fait pour exprimer ce qu'on ne saurait se dire autrement. Elle chantait :

Ich bin auf ewig dein.

Et lui renchérissait, en français :

Je suis tien pour toujours.

Elle parlait en fait, bien plus qu'elle ne chantait – à quatre-vingts ans passés sa voix est partie. Mais pas la musique. Mireille, c'est la musique incarnée.

Geliebet hab ich und gelebt, ich bin
Nicht lebend mehr

murmurait le lied, et lui reprenait avec elle :

J'ai aimé, j'ai vécu, ma vie est accomplie.

Mireille :

Du meine Welt !

Et lui :

Oh oui, toi mon monde !

Les rendez-vous avec Nicole ont été de purs moments de vie, même quand ils parlaient de la mort. Bien vivre et puis, après, bien mourir, c'était vraiment le meilleur objectif qu'ils puissent se donner. « Alors, pour la prochaine visite médicale obligatoire, a dit Mireille, pas question de s'exposer aux crises larmoyantes de la dernière fois. Trop de folies habiteront toujours chacun d'entre nous pour qu'on arrive à évoquer notre suicide sans faille ni contradictions. N'allons donc voir ce médecin qu'en malades très très vieux que nous sommes. Un cancer en cours, les analyses de sang, les radios, notre âge et notre couple doivent suffire pour étayer notre choix de mourir, un point ce sera tout. »

Quant à eux deux, sans en parler à personne sinon à Nicole, ils se sont trouvé un truc pour se cramponner à la rampe : ils ont décidé d'aller au rendez-vous de la mort volontaire en artistes, comme s'ils allaient interpréter là-bas un dernier spectacle. Et comme ce genre de spectacle, qui ressemble bien à un rituel, ça se prépare, ils ont passé les dernières semaines à en dessiner chaque étape, comme on écrirait un script.

Hier, après quatre mois de démarches et de réflexions renouvelées, Mireille et Jean-Michel ont dit adieu une nouvelle fois à leur maison, à leur piano et au fleuve voisin. Ils ont repris le chemin de la gare, en taxi cette fois – depuis quelques semaines, le cancer a gagné du terrain et il serait trop fatigant de traverser la ville à pied. Ils sont partis sans donc faire d'étape au bistro des Halles, ni chez le fleuriste ni chez le libraire. Trois heures de train plus tard, ils se sont rendus directement de la gare à la dernière visite médicale obligatoire, avant même de se rendre à l'hôtel. Ils redoutaient ce rendez-vous, mais ils s'en sont sortis chacun « avec mention très bien », comme a dit Mireille – rire, rire aussi souvent que possible, rire encore aujourd'hui et demain, jusqu'au dernier moment, ça fait partie du script de leur ultime spectacle. Le soir venu, ils ont à nouveau mangé dans un bon restaurant, puis fait une dernière petite balade au bord de l'eau. Ça sentait la redite, mais c'était bon. Pour être sûrs de s'endormir vite, ils ont absorbé un somnifère. Au moment d'éteindre la lampe de chevet, Jean-Michel s'est surpris à murmurer une vieille incantation surgie du fin fond de son enfance : « Bonsoir, bonne nuit, à demain matin », les trois vœux magiques qu'il faisait alors obsessionnellement pour être sûr de se réveiller vivant le lendemain. « Bonsoir, bonne nuit, à demain matin », a-t-il chuchoté à Mireille comme un petit garçon. Et puis, en amant qu'il reste jusqu'au bout, il s'est serré contre elle : « Ma Reine, mon amour, à demain, à toujours. »

4.

Mme Tégnier vient les trouver dans leur chambre du Grand Hôtel à dix heures du matin. Si on demandait à Jean-Michel et à Mireille pourquoi ils signent ainsi maintenant sans même lire les documents qu'elle leur tend, ils diraient que c'est parce qu'à présent tout est évident. Si on insistait, ils parleraient aussi d'amour – peu leur importerait que vous ne compreniez pas bien, c'est cela qui les porte, « l'amour toujours » –, et puis ils retourneraient à leurs signatures : « Je soussignée Mireille – je soussigné Jean-Michel certifie que… » Mme Tégnier leur demande en fait d'attester qu'ils ont connaissance des risques encourus lors de l'absorption des produits voulus pour mourir – ce document devant protéger l'association contre toute poursuite. Ils datent et ratifient, pas de parano, bien sûr que c'est leur choix, sinon ils ne seraient pas là. Mme Tégnier leur rappelle aussi qu'ils pourront renoncer jusqu'au dernier moment – la représentante de la vie insiste. Mais merde, ils en ont marre, ils se sont déjà ravisés une fois, ça suffit, vite qu'on parte vers le pavillon de banlieue où les attend le pentothal final – ce qu'ils appellent entre eux la potion magique !

Avant de quitter la chambre d'hôtel, Mireille se met un dernier coup de rouge sur les lèvres. Elle mouille aussi ses mains pour les passer dans les cheveux de Jean-Michel et les faire boucler : il n'y a pas de raison de se négliger, tendresse, élégance et maîtrise de soi jusqu'au bout ! Arrivés au rez-de-chaussée, ils abandonnent leur dernière valise à la consigne, règlent la note à la réception et sortent sur le perron. Il fait grand soleil. Jean-Michel dit qu'il aimerait prendre encore un moment pour un dernier tour au bord de l'eau, mais non, Mme Tégnier bouscule le mouvement, il faut partir, c'est l'heure, et elle appelle une des voitures qui attendent les clients à la station.

Dans le taxi, ils tentent de plaisanter en repérant emphatiquement au passage leurs « dernières ders » – la dernière grande surface, la dernière banque, le dernier bureau de tabac, le dernier magasin de fringues, « des trucs qu'on est contents de quitter, il y en avait marre de la conso ! ». Ça les fait rire – rire de soi, rire du monde, toujours rire, ça fait partie du programme, rire même si c'est volontariste. Mais Mme Tégnier n'ayant pas franchement l'air d'une humoriste, ils laissent tomber à la longue – et tant pis pour la dernière station-service. Quand Mireille sort un comprimé de Lexomil de sa banane, Jean-Michel lui en pique un, pas question de tout gâcher avec une flippe de dernière minute. Il ajoute : « On aurait peut-être dû penser à prendre du shit ! » Un fou rire les prend à nouveau, nerveux celui-là.

Ces trois passagers sont bizarres, pense le chauffeur de taxi. Pour colmater les trous, les rires un peu faux et les silences très pesants, il connecte son autoradio à une station musicale du coin. Un rappeur enragé inonde l'habitacle de sa véhémence. Ils auraient préféré du Mozart ou du Bach, sans paroles.

Lorsque Mireille et Jean-Michel avaient appris que la nouvelle loi votée par le Parlement français exigeait qu'un témoin soit présent au moment de chaque suicide assisté, ils s'étaient d'abord récriés que leur mort ne concernait qu'eux deux. On leur avait fait valoir que ce protocole était destiné à empêcher les abus. Bon, alors d'accord, mais à quels témoins allaient-ils faire appel ?

Sorti d'il ne savait lui-même quel chapeau, Jean-Michel avait alors prononcé le nom de Danièle. « Pourquoi elle ? » s'était étonnée Mireille. « Parce qu'elle a été témoin du suicide de Simon. » Étrange argument, même aux yeux de Jean-Michel, mais tant de choses semblent étranges depuis qu'ils préparent leur suicide ! Il avait donc tenté de joindre Danièle, mais cette dernière n'était plus salariée du Grand Théâtre depuis longtemps. Il avait alors laissé un message à Camille, peut-être pourrait-elle le renseigner. Elle lui avait répondu laconiquement par texto : « Danièle ? Elle est maintenant dans un Ehpad, la pauvre ! Et toi, tu vas bien ? Je t'embrasse. » Le contact avec Camille était à l'évidence distendu et Jean-Michel en était blessé, comme si Camille lui devait encore des dialogues. Et puis, il avait renoncé (renoncé à quoi ? Pas à l'aimer, cela, il ne peut pas. Mais à lui demander de l'amour en retour : il n'est après tout plus qu'un vieillard bientôt éteint tandis qu'il l'imagine toujours belle et rayonnante sur la scène et dans la vie). Il n'avait donc même pas répondu à sa question – il faut savoir s'éclipser.

Il n'avait pas non plus cherché à joindre Danièle – l'Ehpad, ça lui fait encore peur.

À qui d'autre adresser alors cette impossible demande de présence à vos côtés au moment où vous allez vous suicider ? Qui trouver d'assez fort et d'assez aimant pour venir vous aider sans manières embarrassantes ni larmes pesantes ? Mireille et Jean-Michel s'étaient finalement tournés vers leurs frères respectifs – des proches, même s'ils sont assez éloignés dans la vie quotidienne. Comme prévisible, pareille demande d'assistance avait provoqué des conversations difficiles – résistances, pleurs, dialogues crispés :

« Pas d'accord. »

« Mais je ne veux pas que tu meures. »

« Ce serait comme si j'approuvais que tu te suicides. »

« Impossible de… »

« Tu te rends compte de ce que tu me demandes ? »

« Après, je vais traîner toute ma vie l'image de ton suicide en direct. »

« Je craquerais là-bas, je m'évanouirais. »

Etc.

Jean-Michel avait supplié son frère :

« Je comprends ce que tu dis, mais je te demande quand même de m'aider. Il ne s'agit pas d'approuver mon suicide, il n'est pas possible de te demander ça, mais tu es l'une des rares personnes à la bonne place pour tenir ce rôle de témoin. »

Et Mireille pareillement pour son propre frère – avec tendresse et caresses dans la voix : « Fais comme quand on était petits, je t'en prie : j'ai besoin de ta complicité. »

Comment les deux frères auraient-ils pu résister ? À la fin, ils avaient accepté et ils s'étaient tous donné rendez-vous aujourd'hui devant l'adresse finale. Pas ce matin à l'hôtel, mais directement devant le pavillon où Mireille et Jean-Michel vont se suicider – les vrais adieux, ils se les sont faits la semaine dernière, avec beaucoup de larmes et de tendresse, mais avec moins de pression qu'il risquerait d'y avoir s'il fallait encore se parler et s'embrasser une dernière fois.

Pour la chambre finale, ils n'ont pas voulu des lits jumeaux qu'on leur avait proposés ni d'un lit à deux places – Mireille était plutôt pour, mais lui, il ne tenait pas à mourir inconfortablement sur des oreillers inconnus et un matelas incertain. Ils ont donc opté pour deux fauteuils côte à côte et inclinables à volonté – « chacun son angle, jusqu'au bout ! »

Dans la mise en scène qu'ils ont prévue, ils ne chercheront pas à « être vrais », comme on dit – pas « vrais » avec tripes sur la table et sentiments grandiloquents. S'ils ont cafouillé voici quatre mois lors de leur premier rendez-vous avec le suicide assisté, c'est peut-être qu'ils étaient naïvement restés « vrais » devant le médecin alors qu'il aurait fallu qu'ils travaillent à créer ce vrai. Aujourd'hui, Mireille et Jean-Michel sont toujours pleins d'angoisses et de discordances intérieures, mais, pour ne pas s'enferrer dedans, ils ont décidé de se servir du théâtre. Sur scène, l'acteur fait semblant de mourir.

Ici, comme dirait Marivaux, ils vont faire semblant de faire semblant. Ils vont avaler la potion magique qu'on leur tendra, et quand mourront les acteurs qu'ils sont, ce sera presque encore du théâtre.

Jean-Michel et Mireille se racontent cette histoire. Après tout, quand ils entraient en scène, il leur fallait déjà se raconter des histoires insensées.

Ils avaient décidé que leurs deux frères se mettraient au fond de la chambre, derrière les fauteuils, un peu comme des figurants – « pardon, nos frères, ne nous en veuillez pas, c'est juste pour la netteté de l'image ». Et Mme Tégnier, où la placer ? Pendant qu'ils travaillaient au script de cet invraisemblable spectacle, Mireille et Jean-Michel s'étaient dit un moment qu'elle ne serait présente là qu'en tant qu'administratrice de production, reléguée dans un coin de la salle. Mais non, ça ne pouvait pas marcher : Mme Tégnier jouera un rôle important à ce moment-là : ce sera à elle de tendre la potion magique finale et de poser l'ultime question : « Voulez-vous toujours vous donner la mort ? » Pareil rôle n'a rien de subalterne. Alors, sur leur feuille de salle imaginaire, Mireille et Jean-Michel ont inscrit Mme Tégnier comme MC – maîtresse de cérémonie.

« Même quand on va mourir, il y a besoin de musique », disait un des ultimes textos que Simon avait adressés à Camille. Lorsque avec Mireille ils avaient imaginé leur dernière heure, cet aphorisme était revenu à la mémoire de Jean-Michel – qu'il aura souvent repensé au Grand Théâtre et à Simon tout en préparant son propre suicide ! Oh, oui, Simon, il y aura besoin de musique !

Pas celle que tu écoutais sur la terrasse, pas du Tom Waits, désolé, mais de l'opéra, c'est ça notre truc. Pour ce faire, ils sont venus au pavillon avec une enceinte portative et deux enregistrements. Le premier est un extrait de *La Flûte enchantée*, avec le duo Papageno-Pamina – un hymne d'allure simplette mais, à cette heure-ci, ils se moquent bien d'avoir l'air cuculs, l'important pour eux c'est Mozart, son évidence et sa justesse au moment où doit résonner leur oui final. Le second duo qu'ils ont choisi vient de la dernière scène du *Couronnement de Poppée* de Monteverdi – un entrelacs de voix déchirant de beauté. Sur la partition, ils ont repéré comme pour un ballet la mesure quarante-sept, celle où ils prendront en main le verre de pentobarbital qui leur permettra de mourir. Ils partiront en musique avec les deux voix qui chanteront enlacées comme leurs deux mains :

Si mio ben, si mio cor
si mia vita, si.
Oui, mon amour, oui mon cœur, oui
ma vie, oui.

Six mesures plus loin, juste avant la reprise de l'adagio, à :

Pur ti miro !

D'un même geste, d'un même élan, d'une même musique, chacun avalera son verre de potion magique en murmurant avec les deux voix qui s'étreignent :

Pur ti miro Pur ti godo.
Enfin je te vois, enfin je jouis avec toi.

Trente secondes, sublimes dernières trente secondes de vie et de musique avec Monteverdi ! La ritournelle de leur vie continuera sur cet élan, Mireille murmurera encore quelques paroles avec la musique :

Io son tua	*Je suis tienne*

Et lui aussi tandis que le produit envahira leur corps.

Tuo so io	*Je suis tien*

Calmes, ils seront de plus en plus calmes, et puis ils basculeront sur le dossier de leurs fauteuils. La soprano et le contre-ténor de l'enregistrement poursuivront :

Pur ti godo	*Enfin je jouis de toi*
Pur tu stringo	*Enfin je te serre*
Pur t'annodo.	*Enfin je t'enlace.*

Mais non, ils ne s'enlaceront pas, déjà ils dormiront. Leurs muscles se paralyseront, ils sembleront encore l'un et l'autre respirer, puis ils ne sembleront plus, leur cerveau ne sera plus irrigué et Monteverdi poursuivra seul leur duo d'amour :

Piu non peno	*Je ne souffre plus*
Piu non moro.	*Je ne meurs plus.*

Leurs mains ne se seront pas lâchées.

5.

Sublime, Jean-Michel et Mireille veulent que cette dernière scène soit sublime – aujourd'hui, ils ne se priveront de rien. Ils ont même sous-titré cette scène dans leur script d'une phrase de Spinoza : « Nous ne sommes pas immortels mais nous sommes éternels. » Rien que ça ! Il ne leur reste plus maintenant qu'à réaliser leur scénario jusqu'au bout.

Quand Mme Tégnier les introduit dans la pièce, Jean-Michel psalmodie, comme prévu, le poème que Simon avait laissé sur le portable de Camille – encore un souvenir qu'il a rapporté du Grand Théâtre, mais c'est la meilleure intro qu'il ait trouvée pour ce moment théâtral :

— Pas de pathos, pas de regret, pas de désespoir – mourir, c'est un objectif, ce n'est pas une conséquence – pas de rage, pas de souffrance…

Pas de pathos ? Dans de pareils moments, il faut s'appliquer pour ne pas s'y engluer.

D'un coup de télécommande, Mireille met en route l'enceinte nomade qu'ils ont posée par terre, au pied des fauteuils qui les attendent. Deux mesures d'orchestre s'élèvent, puis Pamina chante : « *Bei Männern, welche Liebe fülhen...* Tout homme qui sait aimer... » Les mains de Mireille et de Jean-Michel ne se quittent pas, il y a cinquante ans qu'elles se tiennent ainsi, depuis la sortie d'une représentation de *La Flûte enchantée* quand elles se sont prises, timides, fébriles, effrayées, mais décidées à vivre à fond l'amour qui leur arrivait. Aujourd'hui, c'est pareil. « *Mann und Weib und Weib une Mann Reichen an die Gottheit an...* », chantent Pamina et Papageno, « *L'homme par la femme et la femme par l'homme accèdent à la divinité* ». Attention, grandiloquence – comme on dirait « Attention verglas » ? Tant pis si le vieux et sa vieille ont des airs affreusement sentimentaux et mystiques au moment de mourir.

Quand Mme Tégnier se met face à eux, la cérémonie prend une tournure très solennelle. Elle s'en excuse d'un sourire gêné, mais Jean-Michel la rassure :

— Au contraire ! Pour un peu, on se croirait devant monsieur le maire le jour où on s'est mariés.

C'est exactement ça, comme s'ils se mariaient aujourd'hui une seconde fois. Leurs deux mains se serrent et, quand Mme Tégnier leur pose l'ultime question – leurs choix sont-ils irrévocables ? –, deux « oui » résonnent à tour de rôle. Le couple se regarde, amoureux, et redit comme un chant :

— Oui, encore oui, et oui et oui et oui !

Oui pour toujours.

Leurs mains s'étreignent, leurs lèvres s'effleurent, leurs yeux sont éperdus tandis que s'achève l'hymne à l'amour de Papageno et de Pamina : « *Mann und Weib und Weib une Mann Reichen an die Gottheit an...* » et qu'ils avalent machinalement le verre d'antivomitif que leur tend Mme Tégnier.

Avant d'aller s'asseoir comme prévu – lui dans le fauteuil de gauche, elle à droite –, ils se mettent debout face à face pour une dernière impro sans paroles ni gestes, le souffle partagé, un total unisson de regards et de respirations – du théâtre comme ils ont tant aimé en faire au cours de leur carrière. L'histoire du jeune Simon et de Camille avait commencé avec ce jeu du miroir pendant un stage. Confiance, abandon, « un truc de fou », avait commenté Camille au Grand Théâtre, entre télépathie, ondes et vibrations. Jean-Michel et Mireille ont décidé de finir leur vie avec ce jeu de théâtre sans paroles.

C'est parti. En silence, les yeux dans les yeux, ils semblent ne rien se dire, mais ils se parlent en fait, plus que jamais ; ils ne font pas de gestes et pourtant ils avancent d'un même pas dans ce monde que crée leur impro. Leurs mains se sont lâchées, mais pas leurs âmes. Leurs regards et leurs souffles voyagent l'un dans l'autre. Les voilà partis sous le ciel bleu du Midi où ils ont conçu leur fils, et puis vers la mer d'Iroise, à Ploaré, où il est enterré, et encore sur les flancs d'un volcan islandais où l'air est vif, la lumière pure et la nature terrible. Une bourrasque de noroît passe dans leur théâtre imaginaire. Le vieux croit reconnaître l'odeur de la terrasse où apparaissent les dieux de Danièle tandis que Mireille l'appelle jasmin comme elle s'en était enivrée à Cordoue avec Jean-Michel voici des années. Ils planent tous les deux. À cette heure dernière ne leur viennent plus que des souvenirs d'amour et ne les effleure pas la pensée de la prochaine bombe, celle avec laquelle ils vont définitivement s'envoyer en l'air.

Mais tout à coup, le réel débarque. La mise en scène qu'ils avaient minutieusement préparée dérape : amour ou panique – les deux probablement –, la vie traverse leur théâtre. De leurs yeux qui se dévoraient en miroir jaillissent des larmes, irrésistibles, et c'est la pagaille, pas moyen de pleurer synchro. Leur impro tente de tenir le coup et de rester en miroir, mais une vague de pathos les submerge tandis que leurs quatre mains se joignent pour s'étreindre. C'est le désordre, tout fout le camp : ils passent à travers leur miroir et se tombent dans les bras.

Jean-Michel tente un ultime geste pour ne pas flancher – vite, continuer, après Mozart, vite, Monteverdi ! D'un clic sur la zappette qu'il a dans la poche, il remet en route l'enceinte nomade et lance le duo du *Couronnement de Poppée* :

Pur ti miro.

et la voix de Néron répond :

Pur ti godo.

Mais rien à faire, ni Jean-Michel ni Mireille n'arrivent à reprendre le fil de la mise en scène qu'ils avaient préparée. Ils s'étreignent toujours tandis que Monteverdi continue :

Si, mio ben	*Oui, mon amour*
Si, mio ben	*Oui, mon amour*
Io son si	*Je le suis oui*
Pur ti miro	*Enfin je te vois*
Si mio ben,	*Oui, mon amour*
Si mio cor,	*Oui mon cœur, oui*
Si ia vita, si.	*Oui ma vie, oui.*

À cet endroit de la partition, leur scénario avait prévu que, déjà, ils dormiraient, que leurs muscles se paralyseraient et qu'ils seraient presque morts. Mais non, tandis que Mme Tégnier ne sait quoi faire des deux verres de potion létale, les deux vieux sont debout dans les bras l'un de l'autre, amoureux et vivants cependant que Monteverdi continue :

Pur ti godo	*Enfin je jouis de toi*
Pur tu stringo	*Enfin je te serre*
Pur t'annodo	*Enfin je t'enlace*
Piu non peno	*Je ne souffre plus*
Piu non moro.	*Je ne meurs plus.*

Arles – Périssac
2016-2020

Remerciements

Merci à Marie-Hélène Kérisit, à Mireille Nathan-Murat, à Mireille Loup, à Joelle Méhat, à Yves Lebas, à Philippe Gumplowicz et à Jean-Michel Le Boulanger, merci à vous pour vos conseils et vos lectures toujours généreuses et stimulantes.

Merci à toi, Martine Joséphine Thomas, si précieuse.

Merci à Marine Montégut et à sa collaboratrice Flandrine Raab, merci à toute l'équipe des éditions Calmann-Lévy.

Photocomposition Nord Compo à Villeneuve-d'Ascq

Achevé d'imprimer en février 2021
par CPI BUSSIÈRE (18200 Saint-Amand-Montrond)
pour le compte des Éditions Calmann-Lévy
21, rue du Montparnasse, 75006 Paris

N° d'éditeur : 6730526/02
N° d'imprimeur : 2056038
Dépôt légal : mars 2021
Imprimé en France.